SIERRA COMMANDO

SÉRIE LE SURVIVANT

N° 1 Guerre totale *
N° 2 Le Cauchemar commence
N° 3 L'Escadron de Fer
N° 4 Le Cri de l'épervier
N° 5 Le Piège
N° 6 Les Hommes-Jaguars
N° 7 Le Prophète
N° 8 Kamikazes
N° 9 Enfer Cannibale
N° 10 Pulsions de Mort
N° 11 Terreur sous Manhattan
N° 12 Les damnées

* Vendu avec le Mercenaire n° 7 pour le prix d'un seul titre.

JERRY AHERN

LE SURVIVANT

SIERRA COMMANDO

Traduit et adapté de l'américain
par Frédéric Charpier

PLON

Titre de l'original
THE TERROR

Illustration de la couverture : Dominique Pieri-Lacombe

ISBN : 2-259-01606-5
ISSN : 0298-0215

Édition originale : 0-8217-1972-b
ZEBRA BOOKS
Kensington Publishing Corp

CHAPITRE PREMIER

Amilcar Cabral avala un nouveau *pisco,* un de ces alcools andins au goût sirupeux mais aux effets aussi amers que ceux de la trahison. Amilcar grimaça en vidant son verre puis le reposa sur le bar de bois contre lequel il s'appuyait depuis une heure en attendant Pedro Ramirez Sanchez. Il se trouvait dans ce qu'on nomme une *cantina,* un troquet mal famé, sali des fientes de poules, regorgeant de mouches entreprenantes, attirées par la seule sueur collante de la peau.

La cantina était la seule encore fréquentée dans ce *favella,* quartier misérable de Buenos Aires, s'étalant au sud de la capitale argentine le long du Rio de la Plata. La guerre nucléaire qui avait broyé l'Occident et le bloc communiste — occasionnant des dizaines de millions de morts de part et d'autre — s'était fait ressentir partout dans le monde. Avec des résultats très surprenants selon les pays et les continents.

Trois mois à peine après l'apocalypse, une guerre civile impitoyable avait ensanglanté l'Argentine et presque tous les pays de la Cordillère des Andes. Chacun s'étant empressé de régler ses comptes avec ses ennemis héréditaires. Le fleuve Parana avait charrié une multitude de corps, souvent mutilés, transport macabre alimentant les plus folles rumeurs le long du fleuve. Les maffias de tous pays se livraient une guerre sans merci. La politique a horreur du vide et le clash atomique avait laissé un sacré désert. L'Argentine avait vu éclore des dizaines de petits royaumes où les latifundistes d'hier faisaient régner leur propre loi. Celle du talion. Le Chili, la Colombie, la Bolivie étaient devenus de vulgaires féodalités. Où seuls les trafiquants continuaient à tirer leur épingle du jeu. On savait qu'au Nord, chez les Gringos, l'on manquait de tout. La moindre denrée devenait donc l'objet d'un trafic. La présence sur le territoire américain d'un corps expéditionnaire soviétique attisait d'autre part les appétits. Et faisait grimper les enchères. Si le dieu Dollar n'exerçait plus aucune fascination, en revanche les richesses comme l'or, l'argent, les pierres précieuses avaient accru leur prestige. Et pour quelques pépites, des colonnes de muletiers traversaient l'Amérique centrale pour acheminer au Texas ou dans ce qui restait du Nouveau Mexique, armes, munitions, médicaments, matériels sophistiqués. Autant de choses qu'on s'arrachait chez les Yankees.

Amilcar Cabral était à Buenos Aires justement pour essayer de récupérer une cargaison destinée aux troupes soviétiques. On parlait de tonnes de médicaments, de composants électroniques, avec à la clé une tonne d'or que les Russes avaient soustraite des ruines de Manhattan.

Amilcar Cabral agissait pour le compte du nouveau gouvernement des Etats-Unis libres d'Amérique. Et pouvait faire une contre-proposition aux trafiquants. Chambers, le quarante-sixième président de l'Union que quelques généraux avaient plébiscité à ce poste, espérait détourner ces biens précieux et empêcher qu'ils tombent aux mains des Russes. Et ce à n'importe quel prix. Cabral était son émissaire. Il avait autrefois travaillé pour le Département d'Etat. De formation universitaire, Amilcar dirigeait à Buenos Aires, avant les événements, un cabinet d'avocats spécialisés dans le droit des affaires. C'était un garçon de bonne famille, très élancé, racé, doué d'un entregent qui lui permettait d'accéder aux milieux les plus fermés de l'establishment argentin. Il avait sous la dictature des généraux servi de Monsieur bons offices afin d'obtenir la libération de certains détenus politiques avant que les groupes paramilitaires ne les fassent disparaître à jamais. Amilcar avait obtenu quelques résultats. Puis l'Argentine avait chassé ces années noires avant de sombrer de nouveau dans le chaos nucléaire.

Trois semaines plus tôt, un ancien fonctionnaire du Département d'Etat l'avait contacté à Buenos Aires. Amilcar n'était plus avocat mais fournisseur d'alcools pour les derniers bars ayant encore pignon sur rue dans la capitale.

Là, il attendait Pedro Ramirez Sanchez, un ancien tortionnaire du temps de la dictature.

A l'époque, Pedro commandait une *pozo*. Petite maison anonyme dans laquelle on « travaillait » les suspects à l'abri des commissions d'enquête sur les *disparus*. Ce Pedro était aujourd'hui l'homme de main d'un clan de trafiquants andins.

Les deux hommes s'étaient donné rendez-vous dans ce barrio miteux, bordé par le Rio de la Plata et une gigantesque décharge où les rats pullulaient par milliers.

La cantina était déserte. Derrière son bar, le serveur nettoyait paresseusement le même verre depuis près d'une heure. Le type était aussi râblé qu'un rhinocéros. Et avait aussi de l'animal sa peau cuirassée. Un bouquet de poils noirâtres garnissait son poitrail largement découvert par la boutonnière défaite de sa chemisette délavée. Il avait de gros yeux noirs, enflés, au fond un peu jauni. Lui et Amilcar n'avaient échangé aucun mot. Ils semblaient s'ignorer délibérément comme s'ils devinaient l'un et l'autre que la prudence voulait qu'ils se taisent et ne sachent rien de ce jour, de cette heure, de ce lieu immonde.

Moins l'on en sait, et moins l'on a de chances de finir dans la peau d'un mort.

Amilcar était arrivé en avance mais maintenant, c'était Pedro qui était en retard. Les deux hommes ayant convenu de se retrouver à sept heures du soir et cette heure étant passée de dix bonnes minutes. Après tout, pensa Amilcar, un

Argentin est rarement ponctuel, à fortiori dans cette époque bouleversée.

Amilcar montra au serveur son verre vide. L'autre comprit sans piper mot et attrapa une bouteille de pisco sur une étagère. Il allait servir son client lorsqu'un type entra dans la cantina. Il était affublé du costume traditionnel des gauchos d'autrefois, le chef couvert du célèbre chapeau feutre arrondi, enrubanné de couleurs multicolores ; il portait un gilet noir, façon boléro, serrant très fortement la taille, des pantalons noirs très évasés au bas et garni de ficelles sur le côté.

Il avait aussi à la ceinture une gâchette splendide, à la crosse nacrée. Une arme rutilante qui côtoyait dans un autre étui une lame courbée au manche gainé de cuir.

Sous le revers de son chapeau, on voyait à peine une paire d'yeux d'un noir d'encre, lourdement entourée de sourcils broussailleux. L'homme était rasé. Une peau pigmentée, très mate, enveloppant un visage aux formes ovales très accentuées. Sous le nez, un peu retroussé, une fine moustache aux bouts lissés et relevés comme des crocs.

Il approcha du bar derrière lequel le serveur était resté figé avec sa bouteille de pisco. Les lourds talons de ses bottes frappèrent bruyamment les lattes de bois du parquet. Puis il s'appuya au bar, près d'Amilcar, n'ayant aucun regard pour lui, fixant droit devant l'étagère et son maigre assortiment d'alcools.

Le serveur au corps râblé posa un verre

devant le nouvel arrivant et lui servit un coup de pisco.

— Téquila !

L'homme frappa du poing sur le bar. A sa manière de dire « téquila », on sentait comme l'ombre d'un préjudice moral. Une mauvaise intention inavouée. La fierté machiste du Latino, se dit in petto, Amilcar que cette présence commençait d'intriguer. Il attendait toujours Pedro. Et Pedro ne venait pas. Un inconnu avait fait irruption dans cette cantina isolée. Un homme qui paraissait autant à sa place ici que la bible dans la main d'une prostituée. Ce gaucho de carnaval, aux santiagues pommadées de cuir, ressemblait à un oiseau de mauvais augure. Amilcar avait un pressentiment. Quelque chose lui disait que ce guignol n'était pas ici par hasard, tout comme Pedro n'était pas forcément en retard. Il devait exister un lien entre son absence et l'apparition du gaucho. Mais comment le savoir ? En être sûr ? Amilcar était venu sans arme. Et il connaissait suffisamment la psychologie très infantile de ce genre de personnage pour essayer le moins du monde de le cuisiner. Affaire de mentalité. De doigté. Il fallait se montrer patient. Rester persévérant. Après tout, Pedro pouvait encore arriver. Et ce gaucho surgi d'une image d'Epinal, n'être qu'un fantasme.

Dès qu'il eut servi le gaucho, le serveur remplit le verre d'Amilcar. C'est alors que tout se précipita. Deux molosses harnachés de cartouchières, aux faciès simiesques, déboulèrent.

Chacun tenant un colt à la main. Un troisième les rejoignit, portant sur le dos le corps de Pedro qu'il jeta par terre. Très vite, le gaucho dégaina son arme et fouilla Amilcar au corps. Il le palpa méticuleusement, sans rien trouver. Amilcar regarda le corps de Pedro. Avant de l'achever sans doute d'une balle dans la cervelle, on l'avait salement dérouillé. C'était un miracle que ses membres soient restés assemblés. Pedro avait péri par où il avait pêché. Et à défaut de purgatoire, c'est l'Enfer qui lui ouvrait les bras. Le tortionnaire torturé, ça rappelait un peu l'arroseur arrosé. Quoique la comédie avait, là, basculé dans la tragédie. L'horreur.

Le gaucho poussa Amilcar vers les deux molosses. En un tournemain on lui ligota les mains. Et on l'entraînait dehors lorsqu'un assaillant vida son barillet sur le serveur. Sa cuirasse n'empêcha pas les balles de le perforer comme une passoire et le sang de se répandre comme une pluie de mousson sur le sol crasseux de la sinistre cantina. Visiblement le gaucho et ses sbires ne souhaitaient laisser aucune trace derrière eux.

A-t-on jamais vu un muet faire carrière dans l'opéra !

Dehors, une camionnette Ford attendait portes ouvertes, moteur ronflant. Amilcar y fut jeté dedans sans ménagement. Il s'écroula à l'arrière. Sa tête cogna contre la tôle. Un peu de sang se mit à couler de son arcade gauche. Le reste de la bande grimpa à bord puis la camionnette démarra en trombe. C'était l'hiver austral et le ciel couvrait le favella de son noir bouclier.

*
**

C'était une petite maison, au nord de Buenos Aires, avec ponton donnant sur le fleuve. Un boqueteau d'arbres dénudés, une rangée de roseaux flétris barbotant dans l'eau. La camionnette était garée non loin, où finissait un étroit chemin de terre.

L'intérieur de la bicoque était dépourvu du moindre confort. Il n'y avait rien, à part quelques chaises et une table. Et des caisses aux contenus encore inconnus. On sentait l'odeur de l'essence. Carburant utilisé par le groupe électrogène. Tout autour, la campagne était silencieuse. La nuit noire et oppressante.

Amilcar fut ligoté sur une chaise. Personne ne lui avait encore adressé la parole. Même entre eux, les hommes étaient restés sans rien dire. Mutisme de professionnels. Le gaucho d'opérette avait disparu pendant le trajet. Il avait vidé la camionnette et rejoint un autre véhicule. Tout s'était passé très vite. A peine le chauffeur avait-il freiné pour le débarquer.

Là, Amilcar Cabral ne put s'empêcher de repenser au corps de Pedro. D'imaginer ce qu'il avait dû endurer, coup après coup, sévice après sévice, aux mains de ces molosses aux faciès de primate archaïque. Allait-on le soumettre au même châtiment ? Amilcar le craignait. Si ses ravisseurs l'avaient conduit ici, dans ce lieu isolé, ce n'était sûrement pas pour lui offrir les plaisirs du jardin d'Eden. Ils voulaient sans doute obtenir de lui quelques informations ayant trait à la mission qu'il effectuait pour le compte du président des Etats-Unis libres d'Amérique. Pedro n'avait pu leur apprendre grand-chose car lui-même en ignorait l'essentiel. C'était sans doute pour ça qu'on l'avait si sauvagement torturé, parce qu'en vérité il ne savait rien.

Une heure s'écoula, puis, Amilcar, ficelé sur sa chaise, entendit le ronflement caractéristique d'une voiture diésel. Deux portières claquer, des bruits de voix, puis la porte de la maison s'ouvrir, des pas approcher de lui. Deux hommes au type occidental entrèrent alors dans la pièce. Amilcar les dévisagea. Trop à leur goût sans doute car l'un d'eux le gifla violemment. Celui qui l'avait frappé, était petit et maigre, avait un visage anguleux, aux pommettes saillantes, des lunettes en demi-lune sur un nez camus, piqueté de poils folâtres. L'autre paraissait très âgé. Il se tenait voûté et s'appuyait sur une sorte de canne gourdin, au pommeau d'argent finement sculpté. Il portait un costume en coutil blanc aux poches déformées, et aux bras plissés qui gondolaient comme un accordéon. Point essentiel, ils parlaient tous deux le russe.

Amilcar se retrouva seul quelques instants avant que le Russe cacochyme ne s'installe près de lui, une cigarette aux lèvres. Il toussa dans son poing avant de parler, la voix cassée :

— Monsieur Cabral, nous aimerions avoir des informations sur le travail que vous a confié M. Timothy Landsborrough...

Landsborrough était l'ancien fonctionnaire du département d'Etat américain que, il y a trois semaines de là, Amilcar avait rencontré.

— Avant de répondre, sachez qu'il est possible de nous entendre. Je pense qu'un homme comme vous mérite mieux que d'être un simple revendeur d'alcools frelatés. La compétence, aujourd'hui, n'a pas de prix.

Le vieux Russe avala une bouffée de tabac. Puis il reprit :

— Si vous refusez de parler, alors je vous laisserai dans des mains expertes. Et qui sauront vous délier la langue. Mais à quel prix, monsieur Cabral !

Amilcar revit le corps de Pedro, atrocement mutilé.

— Ce serait vraiment stupide, ajouta le vieux Russe, l'air sincère.

Chambers n'avait-il pas simplement demandé à Cabral de racheter la cargaison ? Et était-ce là une raison suffisante pour se faire dérouiller par cette bande de tortionnaires !

Le Russe se leva. Et se mit à marcher dans la pièce en tirant sur sa cigarette pendant qu'Amilcar pesait le pour et le contre. Il gambergea quelques minutes jusqu'au moment où ses scrupules s'évanouirent, son instinct de survie l'emporta.

Amilcar raconta alors tout ce qu'il savait puis

on le délia et l'emmena dehors. Là, il aspira une profonde bouffée d'air frais avant de recevoir une balle dans la nuque. Son corps s'effondra avant d'être balancé à la flotte.

CHAPITRE II

Un mois s'était écoulé.

Le président Samuel Chambers avait réuni dans son bureau quelques membres de son état-major interarmes ainsi que son chef de la sécurité, John Morrisson, et le capitaine Woody Asher des commandos spéciaux de la Marine.

Le commandant Williams, aide de camp du vice-amiral Barrington, était debout, une baguette à la main, près d'une carte d'état-major épinglée sur un panneau mobile à trépied ; les autres assis fumant le cigare ou buvant un des alcools préférés des gens de Green-House Creek, un Armagnac français devenu rarissime depuis les événements. Williams était petit et trapu. Il possédait un regard noir, brillant, et parlait avec l'éloquence seyant aux officiers sortis d'une académie militaire.

— Nous avons réussi à remettre en service, disait-il, un de nos satellites espions. Et les photographies qu'il nous a fournies démontrent sans l'ombre d'un doute qu'un gigantesque convoi motorisé est en train de se former à Pachuca.

Il avala sa salive puis reprit. L'assistance l'écoutait en silence.

— Cette ville se trouve au nord de Mexico, à une quarantaine de kilomètres sur la seule grande route encore utilisable et qui remonte jusqu'à Monterrey.

Williams avait dû éplucher une encyclopédie et il savait sa leçon.

— C'est une ville moyenne où semblent s'être rassemblées toutes les crapules du pays. Toutes les notes, les synthèses, les témoignages recueillis à son sujet le prouvent sans conteste. Comme ils indiquent que les Russes y entretiennent plusieurs équipes spéciales placées sous le commandement du major Ylliachine.

La voix de Williams s'endeuilla soudainement.

— Le 2 du mois dernier, un de nos agents que Landsborrough avait contacté à Buenos Aires, l'avocat Amilcar Cabral a été assassiné, son corps jeté dans le Rio de la Plata. Il est à craindre qu'il ne l'ait été par des hommes du GRU (1). Cabral devait négocier avec des trafiquants le rachat d'une importante cargaison de matériels stratégiques...

— Nous connaissons le détail, intervint Chambers, craignant que Williams ne se mette à énumérer l'ensemble de la marchandise.

(1) Service de Renseignement militaire.

Abrégez donc, chacun de nous à déjà lu votre rapport.

— Bien monsieur le président, s'excusa l'aide de camp. Depuis, tous nos services ont appris et notamment ceux de Morrisson que cette cargaison avait traversé l'isthme centraméricain. Jusqu'à ce qu'on découvre sa présence au Mexique puisque les photos de notre sattelite nous informent de cette impressionnante concentration de camions à Pachuca.

Chambers cracha une boule de fumée puis ajouta d'une voix grave :

— Et il est essentiel, vous en conviendrez, que cette marchandise ne parvienne jamais aux mains de nos ennemis.

Il regarda Morrisson droit dans les yeux.

— John, nous vous écoutons.

Morrisson se leva tandis que Williams se rasseyait en toussotant.

— Nous avons, dans un premier temps, pensé à envoyer à Pachuca l'escadrille de bombardement du commandant Drake del Castillo. L'opération aurait été facile à conduire. Et la cargaison, aisément détruite.

Il marqua un temps d'arrêt.

— Mais, ajouta-t-il, nous avons considéré que nous pourrions peut-être subtiliser la camelote aux Russes et nous l'approprier.

Le vice-amiral fronça les sourcils. Il avait déjà confié au président ses réticences vis-à-vis du projet de Morrisson.

— Nous savons que cette mission sera très périlleuse. Que les hommes que nous y engagerons risquent d'être tués ou de tomber entre les pattes des hommes du GRU. Mais ces camions contiennent des tonnes de matériels qui nous font grand défaut. Et surtout de grandes quantités de médicaments.

— Cela mérite que nous tentions le coup, rajouta Chambers.

Il invita Morrisson à s'asseoir et épingla du regard le capitaine Asher des commandos spéciaux de la Marine.

L'homme se déploya aussitôt et se mit sur ses pieds. Il mesurait près d'un mètre quatre-vingt-dix et pesait cent dix kilos. Il possédait le gabarit idéal du plaqueur de rugby, de puissantes mâchoires, et passait chez le coiffeur toutes les semaines pour y refaire sa brosse.

Il parla avec l'accent du sud. Asher, juif d'origine, était en effet natif d'Atlanta. Il avait une voix rugueuse et faisait claquer sa langue comme un fouet.

— L'opération, dit-il, se déroulera entre le Tropique du Cancer et le vingtième parallèle. Nous aborderons les côtes mexicaines dans le golfe de Campêche, à Tuxpan. De là nous rejoindrons Pachuca, où nous nous emparerons des camions avant de les emmener plus au nord à Tampico où des transports les embarqueront. J'ai estimé notre effectif à une centaine. Plus trois éclaireurs du pays.

Le vice-amiral Barrington le coupa.

— Combien pensez-vous avoir de chances de réussir ?

Asher consulta du regard le président Chambers. Et garda le silence.

— Ecoutez, Barrington, fit Chambers exaspéré, si une bataille était gagnée d'avance quelle utilité auriez-vous donc ? On vous remplacerait par des jeux vidéo. Et vous ne seriez plus bon qu'à vendre des maillots de bain sur les plages.

Le visage de Barrington s'empourpra. La destruction de l'ancien état-major naval de l'US Navy avait été la chance de sa vie. Il n'avait occupé, en effet jusqu'à la guerre, qu'un poste de fonctionnaire croupion, attaché à la garde d'un arsenal du New Jersey. Les Russes l'avaient repêché. Chambers ne l'ayant pas promu au mérite, mais seulement parce que le corps des officiers supérieurs de la Marine avait été décimé. Barrington s'efforçait de l'ignorer, et jouait au Pacha.

Là, le vice-amiral essayait de digérer le plomb dont Chambers venait de le truffer.

— Bien, fit Chambers, l'opération débutera dans trois jours. Je vous remercie.

Tous les participants se levèrent et vidèrent la pièce. Le président rappela Morrisson alors que celui-ci passait le seuil de la porte.

— J'aimerais vous toucher un mot, John. Fermez la porte derrière vous.

Morrisson s'exécuta. Il revint sur ses pas, se planta devant le bureau présidentiel.

— Asher est un excellent soldat, observa Chambers ; mais il faudrait quelqu'un d'autre pour emmener ces hommes là-bas.

Morrisson esquissa un sourire. Il devinait déjà

à qui le président faisait allusion. Il fit cependant semblant de l'ignorer.

— Peut-être, dit Morrisson. Mais je ne vois pas très bien... Milano est en mission avec sa Death Patrol... Ferguson est à l'infirmerie.

— Arrêtez cette comédie, John. Vous savez très bien à qui je pense.

Morrisson soupira comme si le sujet avait été maintes fois ramené sur le tapis.

— Rourke, fit-il, est fatigué. Cela fait trois mois qu'il s'occupe d'un camp de louveteaux dans le Grand Cañon. Un camp de survie où il entraîne de très jeunes recrues, leur apprend tout ce qu'il sait, dans l'espoir qu'ils formeront plus tard une nouvelle élite combattante.

Chambers se renfrogna. Il détestait s'entendre dire qu'une chose était impossible. Le quarante-sixième président de l'Union n'admettait pas qu'un citoyen américain refuse de se sacrifier pour la patrie, si l'enjeu en valait la chandelle.

— Morrisson, protesta-t-il, vous allez prendre un hélico immédiatement et vous rendre à Mather Point (c'est là que se trouvait Rourke). Vous avez vingt-quatre heures pour me le ramener.

Sa voix se radoucit.

— Dites-lui que c'est une faveur personnelle que je lui demande.

Le ton devint carrément, cette fois, mélancolique.

— Sans lui cette mission est fichue. Asher est trop suicidaire et je crains qu'il ne fasse tout sauter au moindre pépin.

— Je vais essayer, monsieur le président.

Le corps de Chambers s'électrisa.

— Je vous demande, John, de me le ramener. C'est compris. Il n'y a pas à « essayer » ; vous devez réussir !

*
**

Chef de la Première unité de Cavalerie, le capitaine Pete Moherty attendait Morrisson devant son hélicoptère d'assaut Bell Cobra. Il s'appuyait à la carlingue, sirotant une fiole de whisky. Il régnait sur la base une chaleur infernale.

Moherty portait un tricot de corps ruisselant. Au kaki délavé. De grosses taches noirâtres maculaient le linge. Tout comme le pantalon, un treillis aux poches déchirées.

La jeep de Morrisson s'arrêta tout près de l'appareil en faisant une boucle sur l'asphalte que la canicule gondolait. Quand elle ne le transformait pas en purée poisseuse. Morrisson en bondit. Il avait gardé ses vêtements de bureau. Un costard en coutil blanc. Il en avait jeté la veste sur l'épaule, et l'on voyait son 38 « Special Police » rangé dans son étui de ceinture. Il avait aux pieds de vrais mocassins indiens. Un peu éculés.

Morrisson approcha, Moherty le gratifia d'un clin d'œil.

— Comment tu trouves mon hélico ?

John regarda l'appareil que Moherty avait repeint en blanc.

— C'est beau, c'est pur. Une vraie colombe.

Les deux hommes se serrèrent la main.

— C'est un enduit spécial, précisa Moherty avant d'avaler un gorgeon de whisky. (Il grimaça, s'essuya les lèvres avant d'ajouter :) Ça renforce le blindage. Tu sais ces zincs n'ont jamais été très étudiés contre les perforations... Mon estomac est plus résistant, j'en suis sûr !

— Pour combien de temps encore ! blagua Morrisson en fixant la fiole d'alcool.

Puis il grimpa à bord et se posa sur le siège du copilote. Il repéra à l'arrière deux M.16, une caisse de munitions, trois jerrycans d'essence, une trousse à outils, de la flotte dans un cubitainer en plastic ; et des rations de nourriture dans un sac de toile.

Moherty contourna l'appareil et s'installa aux manettes. Il engloutit ce qui restait de la bouteille de whisky, et une fois vide la balança sur la piste goudronnée. Puis il secoua la tête et passa ses lunettes noires infrarouges.

— Mather Point ?... On en a pour quatre heures.

Il alluma le moteur. Son tableau de bord s'éclaira.

— Ça fait belle lurette que j'ai pas mis les pieds dans le Grand Cañon. La dernière fois, c'était à mon retour du Viêt-nam. J'avais dégoté une souris à Chicago et cette garce m'a eu au chantage.

Le retors de l'hélico se mit à tournoyer.

— Elle voyait que j'avais envie de la sauter. Alors elle m'a dit que je ne serais ni le premier ni le dernier à la tringler, mais si je voulais je serais peut-être le premier à l'emmener dans le Grand Cañon.

L'hélico se souleva et décolla.

— Comme ça, elle ne m'oublierait jamais.

Moherty cracha dans le vide. Il survolait déjà la plantation de Green-House Creek.

— Cette fichue salope m'a finalement eu. Et le lendemain j'achetais deux tixons d'avion pour Phoenix, Arizona.

Il se mit soudain à rigoler.

— Le plus con dans l'histoire c'est, qu'une fois sur place, elle s'est tirée. Evanouie. J'ai jamais su où elle était passée. Alors j'ai visité seul le Grand Cañon.

Moherty se tourna vers Morrisson. Et Morrisson s'était endormi. La tête écroulée sur son épaule gauche. Moherty fouilla alors dessous son siège et attrapa une autre flasque de whisky.

— Y a que toi qui me comprends ! dit-il en faisant sauter le bouchon.

CHAPITRE III

En bordure de la forêt nationale de Kaibab, à proximité du Grand Cañon, se trouvait Mather Point.

L'endroit était couvert de pins pignon, noueux et petits, dont les troncs incurvés servaient aux Indiens pour construire leurs huttes et leurs cabanes. Un véritable arbre « d'Aladin » car fournissant aussi de la résine bonne pour les blessures, servant à faire de la colle et à imperméabiliser les paniers tressés transformés ensuite en bouteilles. Leurs pommes de pins comprenaient des tas de petites graines marron, pas plus grosses qu'une cacahuète, au goût délicieux, quoique acide, qu'on appelait « noix indiennes ».

Le pin pignon était donc, ici, l'équivalent du baobab africain. Un arbre bienfaiteur. Une de ces créations de la nature qui vous donnent envie de croire en Dieu !

Il était près de cinq heures de l'après-midi, lorsque Billy entra dans la cabane de Rourke. John Thomas Rourke, l'as du survivalisme, était étendu, à plat dos, sur une natte faite avec de la fibre de genévrier. Les yeux fermés.

A portée de mains, ses deux calibres favoris, deux Detonic 45, faisaient la sieste, rangés dans leur étui, étui posé sur la Car 15, son fusil fétiche.

Billy avait été volontaire pour ce camp d'entraînement. Grand comme trois pommes, un Punk Warrior l'avait énucléé. Borgne à seize ans, Billy avait survécu des semaines, seul, à marauder dans les vastes terres du Texas, se méfiant de tous, armé d'un simple bâton et d'un coutelas qu'il avait personnellement rafistolé. Il avait bouffé des trèfles des jours et des jours, jusqu'à ce qu'une patrouille de PIG (volontaires texans) ne le récupère, presque devenu bête sauvage. On l'avait ensuite ramené vers la Louisiane où Chambers avait fait construire des sortes de camps de transit où l'on parquait les gosses orphelins.

Billy était l'un d'eux. Il s'accroupit près de Rourke.

— John, fit-il, il y a un hélico qui approche. Un truc tout blanc.

Rourke attrapa ses holsters, leurs joujoux, et se leva. Il sortit un .45 de son étui, ôta le cran de sûreté. Il y avait toujours une balle d'engagée dans le canon. Un principe de base : une arme, disait Rourke, doit être utilisable à chaque instant. Une règle qu'il s'était imposée, et qui, jusqu'ici, semblait lui avoir réussi.

Il quitta la cabane. Tous les gosses — les louveteaux comme les surnommait Chambers —

étaient rassemblés près d'un parapet, une main en visière sur les yeux, guettant l'approche du Bell Cobra. Rourke aperçut l'appareil. L'étrange oiseau blanc métallique se gondolait à travers les brumes du désert. Le soleil l'éperonnait par le côté, plein ouest, entamant son déclin vespéral.

L'hélico perdait régulièrement de l'altitude. Rourke en déduisit qu'il allait sans doute atterrir. N'ayant pour seul voisin que la tribu indienne des Havasupai, il en conclut que l'équipage lui rendait visite.

Moherty avait vidé sa flasque de whisky. Il chantonnait un air de falks'song lorsque Morrisson rouvrit les yeux.

— Ça fait toujours plaisir des compagnies comme la tienne, ironisa Moherty que l'alcool avait rendu euphorique.

Morrisson s'excusa.

— On arrive ?

— On y est, ouais.

Morrisson plissa les yeux, et aperçut un aplomb rocheux entouré d'un parapet naturel. On y distinguait déjà une petite foule amassée.

L'hélico dégagea sur la droite, s'inclina et amorça sa descente. Rourke fit s'écarter les louveteaux, qui, prévoyants, s'étaient chacun munis d'un fusil ou d'une arme de poing. Morrisson agita un bras à l'extérieur. Rourke le reconnut. Tout comme Moherty. Le meilleur pilote d'hélico qu'il ait jamais rencontré.

Une fois l'appareil posé, ses hélices immobilisées, les trois hommes s'enfermèrent dans une cabane. La chaleur y était moins crevante qu'à l'extérieur. Morrisson avait emporté son bidon d'eau ; Moherty une énième bouteille d'alcool : et chacun buvait tandis que Rourke s'allumait un cigarillo. Il priait toujours en finissant chaque paquet qu'il pût encore en trouver un autre. Chacun a ses vices. Un simple péché véniel ne méritant guère plus qu'une rapide visite du purgatoire. Juste le temps de faire le tour du propriétaire.

Morrisson, une fois étanchée sa soif, couvrit Rourke d'un sourire amical. Les deux hommes éprouvaient l'un pour l'autre plus que du respect. Ils s'estimaient. L'amitié n'était pas loin.

— On ne sait jamais avec le Grand Cañon, observa Morrisson, s'il s'agit des portes du Paradis ou de celles de l'Enfer !

— En quelque sorte, répondit Rourke.

— Eh ! Morrisson, renâcla Moherty, on n'a pas fait tout ce voyage pour s'extasier sur cette saloperie de désert !

— Je m'en doute, fit Rourke.

Morrisson eut un peu l'air embarrassé. Décidément, ce Moherty avait une satanée grande gueule !

— Alors, qu'est-ce que vous me voulez ?

— Chambers... C'est Chambers. Il te demande une faveur... Il voudrait que tu nous donnes un petit coup de main.

Rourke esquissa un sourire.

— Oui, je sais, rajouta Morrisson, ce n'est qu'une manière de parler. En vérité, c'est un énorme coup.

— Je préfère ça, dit Rourke. Cartes sur table. Pas d'entourloupe... Je n'aime pas qu'on tourne autour du pot.

Morrisson enleva le whisky des mains de Moherty et en avala une bonne saucée.

— Tu peux boire toute la bouteille, fit Rourke. Ça ne changera rien à ce que j'ai décidé. Cela fait des mois et des mois, bientôt des années, qu'on se bat comme des cons ! Et pour quels résultats. La dernière fois, ce connard de Chambers a bien failli tous nous bousiller (1). Des centaines de gosses qu'on arrachait à un dément et cet enfoiré nous envoie une escadrille de bombardiers. Si on est là, c'est grâce à toi, Morrisson, tu le sais bien.

Morrisson hocha la tête. Il se souvenait d'avoir été obligé de soudoyer le commandant de l'escadrille pour qu'il ne lâche pas ses bombes sur Rourke et les siens. Pour lui aussi le coup avait été dur à avaler. On était passé de la couleuvre au boa constrictor !

— Tout soldat, ajouta Rourke, doit savoir refuser un ordre. Même s'il vient du président !

— Chambers a fait de bonnes choses, essaya Morrisson. Tiens, prends ces camps pour les gosses perdus. C'est son idée. La dégelée qu'on a foutue aux Russes dans l'Illinois, c'est encore lui.

— Pour ton Chambers la vie d'un homme n'a guère d'importance. Il met les salauds et les autres dans le même panier.

(1) Voir les Damnées, *Le Survivant N° 12.*

— Il fait ça pour le pays.

— Conneries... N'importe quel plouc ferait aussi bien à sa place.

— Là, tu exagères, intervint Moherty.

— T'as la mémoire courte, Pete, rétorqua Rourke. Il t'a fait mettre en cabane pendant trois semaines. Et Frank Milano aussi !

— Je suis soldat, moi, et si Chambers m'a mis au trou je sais que je le méritais.

— Laisse-moi au moins t'expliquer, enchaîna Morrisson.

Rourke opina. Après tout, ça n'engageait à rien. Morrisson lui raconta alors l'histoire de ce convoi, des dizaines de camions, transportant du matériel ultrasophistiqué. Il insista sur les quantités de médicaments à récupérer. Des centaines de blessés mouraient chaque semaine à Green-House Creek parce que les toubibs manquaient de tout. L'argument était de poids. Morrisson, habile, avait visé juste.

Rourke hocha la tête. Il pensa à sa femme et à ses gosses, perdus quelque part dans l'immensité du pays. Ces médicaments dont parlait Morrisson pourraient un jour les sauver. Il vit, dehors, Billy, le môme éborgné, s'entraînant à jouer du couteau. Lui aussi en aurait, peut-être, un jour besoin.

Morrisson se tut. Il regarda Rourke et sut dès lors que la partie était gagnée.

CHAPITRE IV

Il faisait chaud, très chaud, sur la plage de Tuxpan. Un clair de lune romantique avait poussé quelques baigneurs dans l'eau. Une dizaine de jeunes Mexicains, des deux sexes. Ils batifolaient dans la flotte, piquant de la tête sous les vaguelettes charriées du large vers le rivage. L'endroit était calme.

Une ravissante baigneuse sortit de l'eau. Sur son corps ruisselant miroitaient les reflets de la lune. Elle courut sur le sable, atteignit un jeune garçon, et s'enferma entre ses bras. Ils rirent bruyamment, avant de se laisser tomber au sol. Là, ils commencèrent à faire l'amour.

Décidément, cette nuit était trop calme, tróp belle. Elle avait quelque chose d'irréel. D'incongru.

Ce fut Pedro qui remarqua le premier les canots dérivant vers eux. Il en compta six. Plus loin, au large, on voyait distinctement la silhouette d'un bateau de pêche. Pedro avertit ses compagnons. Il leur cria de venir voir. Il parlait vite, un peu excité. Le jeune couple cessa de faire l'amour pour rejoindre les autres. Et tous s'amassèrent, entre la mer et un splendide décor végétal.

Les visages se marquèrent de gravité. Alors que les canots approchaient. Dans quelques minutes tout au plus ils accosteraient. Cette vision les tenait comme paralysés. La prudence aurait voulu qu'ils s'enfuient, mais ils semblaient préférer attendre. Peut-être que ces intrus ne leur voulaient pas de mal... ils ne pouvaient cependant en être sûrs.

Woody Asher et Rourke se trouvaient dans le premier canot qui accosta. Eux et leurs hommes portaient une tenue de jungle, trimbalaient une incroyable quincaillerie.

Asher avait exigé de ses hommes qu'ils se badigeonnent de crème. Seul Rourke ne s'en était pas oint le visage. Asher sauta dans l'eau et rejoignit la plage, suivi de Rourke. Les jeunes Mexicains avaient un peu reculé. Mais aucun n'avait filé. Du moins pas encore.

Asher appela son interprète.

— Dis-leur qu'on ne leur veut aucun mal.

Puis il sortit une carte de sous sa veste de treillis et l'éclaira avec une lampe-torche. Rourke regardait, située à un kilomètre au nord, la ville de Tuxpan. Sa montre à boussole magnétique lui indiqua immédiatement la route à suivre. Pachuca se trouvait plein ouest. Derrière ces montagnes ocres qui s'élevaient au-delà d'une bande de végétation tropicale.

En quelques minutes, toute la troupe débarqua et les canots firent demi-tour. Les commandos spéciaux de la Marine prirent position, se déployant sur une centaine de mètres.

— Les gosses se baignaient, capitaine. Ils ont l'air inoffensifs. Qu'est-ce qu'on en fait ?

L'interprète avait le faciès tout cabossé. Un crâne très pointu et d'énormes arcades sourcilières. Une moustache broussailleuse lui cachait la lèvre supérieure. On l'appelait *Inferno,* en raison de son aspect effrayant. Et puis parce que c'était une tradition dans les commandos de se donner des surnoms.

Asher triturait sa carte par tous les bouts et ne répondit pas à la question de son interprète.

— On les laissera filer, dès qu'on s'en ira, fit Rourke.

Inferno fit asseoir les jeunes Mexicains.

— Woody, je crois qu'il faut simplement se diriger vers les montagnes.

Rourke évitait depuis leur départ de froisser la susceptibilité d'Asher. Bien que les choses eussent été mises au clair et que le commandement de l'expédition lui appartenait. Asher n'était pas un mauvais bougre, mais avait un caractère épouvantable. Une vraie tête de mule !

Là, il marmonna. Et replia sa carte.

— Tu as peut-être raison, renâcla-t-il. Mais je pensais qu'on pourrait récupérer des véhicules à Tuxpan. On serait plus vite arrivé à Pachuca.

Ce crochet par la ville ne figurait pas au programme. Rourke lui en fit l'observation.

— On peut toujours aller voir ?

Rourke s'approcha des gosses. Et entreprit de les cuisiner. Il apprit ainsi que Tuxpan avait perdu la moitié de sa population et qu'elle était maintenant aux mains de la pègre, que la pègre y avait fait main basse. Il y avait des camions, et deux autocars. Mais comme le carburant manquait, seuls quelques privilégiés en avaient l'usage. Ils appartenaient à un certain Mammon, un type très cruel, un Allemand ayant partie liée avec les truands.

— Si on réglait son compte à cette ordure, fit Asher de sa voix rugueuse.

— C'est risqué. Dès que nous serons repérés, expliqua Rourke, nous aurons tous ces salopards sur le dos et nous perdrons notre meilleur avantage : l'effet de surprise.

Asher médita cela un instant.

— S'ils clamsent tous, y aura plus personne pour dégoiser.

Rourke se renseigna pour connaître le nombre de ces truands qui contrôlaient Tuxpan.

Une vingtaine tout au plus.

— Mes gars se feront un plaisir de faire place nette.

Asher jubilait. Il se voyait déjà à l'ouvrage. Mais Rourke, lui, continuait de trouver cette aventure périlleuse pour la suite de leur mission. Et puis les gamins pouvaient se tromper, et les truands être plus nombreux.

Rourke coupa la poire en deux.

— Vaut mieux d'abord aller jeter un coup d'œil sur place.

Asher accepta. Et choisit une escorte pour accompagner Rourke. Quatre de ses meilleurs commandos. Un quatuor de tueurs, bâtis comme des molosses, au regard aussi chaleureux qu'un hachoir de guillotine.

Puis les cinq se mirent en route et rejoignirent Tuxpan par la plage. La ville avait les pieds dans l'eau. Elle avait dû autrefois être une agréable station balnéaire. Une oasis paisible et folklorique fréquentée par la bourgeoisie dorée de Californie. Une poche paradisiaque où les indigènes se prosternaient devant le dieu Dollar. Mais la ville avait changé. Elle paraissait désertée. Il n'était pourtant que onze heures du soir. Et pas la moindre lumière d'allumée, pas la plus petite musique. Pas un bruit. Un vrai cimetière. Les gosses de la plage leur avaient-ils tendu un traquenard ? Parlaient-ils de la même ville ?

Rourke sentait que quelque chose ne tournait pas rond. Les gars qui l'accompagnaient pataugeaient aussi dans l'incertitude. Ils empruntèrent lentement, avançant prudemment, une ruelle étroite, qui débouchait plus loin sur une place, dotée d'une ravissante fontaine, ornée de sculptures naïves. S'y côtoyaient des anges et le serpent à plumes cher à la civilisation aztèque. Un mariage traditionnel dans ce pays où le paganisme s'accommodait d'un christianisme empreint de croyances magiques.

La place n'était plus qu'à une dizaine de mètres lorsqu'un projecteur s'alluma. Rourke et son escorte se retrouvèrent en pleine lumière, obligés de reculer précipitamment. Rourke dégaina son .45 et tira un premier coup dans le verre du projecteur. Il le manqua. Ils continuaient de refluer lorsqu'une dizaine de types, émergeant de l'ombre, leur braquèrent leurs armes dessus. Un commando défourailla son pétard. Mais une balle adverse fut plus rapide que lui. Elle le cueillit en plein ventre. Il s'écroula, genoux à terre, tandis que sa tripaille déchiquetée lui arrachait un cri de douleur. Puis il lâcha son arme. Elle cogna sur le pavé, rendit un bruit sourd. Rourke se retourna. D'autres types se dirigeaient vers eux. En nombre. La sagesse imposait qu'il mît le holà et se rendît. Rien ne nécessitait qu'il se fasse descendre stupidement. Cela n'aurait eu aucun sens. Il invita ceux qui l'entouraient d'en faire de même. Ils jetèrent alors leurs flingues par terre et virent surgir une tripotée de mecs, se pressant de ramasser les pétoires, tandis que d'autres les fouillaient au corps. Mains appuyées au mur, jambes écartées. Le cinéma habituel.

On les conduisit dans ce qui avait été jadis l'hôtel de ville. Et qui devait être aujourd'hui le quartier général des truands de Tuxpan. Une lumière blanche, étincelante, éclairait le hall. A droite et à gauche d'une lourde porte de bois, partaient deux escaliers de pierre.

Rourke et les trois commandos restants furent poussés vers les marches. Des coups de crosse s'abattaient dans leur dos. Violents et inutiles. Accompagnés de grognements humains. Les types étaient nerveux. Sans doute ne digéraient-ils pas qu'on eût profané leur territoire. Qu'on se fût invité sans droit. Une vraie violation de domicile !

A l'étage, circulaire, où aboutissaient les deux

escaliers, s'alignaient une ribambelle de portes. On ouvrit l'une d'elles et on y enferma Rourke et les commandos du capitaine Asher. La seule fenêtre de la pièce était murée. Il y avait des chaises en plastique empilées les unes sur les autres, une cheminée en albâtre fendillé.

Au bout d'un fil, une ampoule se balançait. Elle devait être reliée à une dynamo car la lumière vacillait, tantôt jaillissante, tantôt mourante.

Rourke s'en voulut alors d'avoir cédé à Asher. Jamais ils n'auraient dû s'aventurer dans cette ville, même si, apparemment, on les avait vus débarquer sur la plage. Leur mission stipulait tout autre chose. Et, déjà, un homme de la compagnie était rayé de l'effectif. Mais à quoi bon remâcher ses erreurs, pensa Rourke. Il fallait maintenant essayer de se tirer de ce mauvais pas.

La porte s'ouvrit. Un type d'une stature phénoménale s'introduisit. Grand, bedonnant, le faciès rubicond, le chef couvert d'une casquette de pêcheur de thon. Une gueule, un regard, à vous glacer le sang. Le blanc de l'œil irisé de vaisseaux éclatés. Sur son torse dénudé, se croisaient deux holsters garnis de deux fabuleux calibres, armes de collection, néanmoins capables de vous trouer la paillasse en moins de deux.

Il s'avança, entouré d'une garde surarmée.

— Américains ? dit-il d'une voix étrangement faible.

Rourke hocha la tête.

— Je m'appelle Mammon, ajouta-t-il toujours presque inaudible. Il se rapprocha encore.

— Qu'est-ce que vous venez faire ici ?

— On s'est perdus... Notre bateau a dérivé pendant des jours. Panne à bord, machine foutue. Plus de carburant.

Mammon secoua la tête. Mais de toute évidence il ne croyait guère aux explications de Rourke.

— Vous savez, nous ne sommes pas en guerre avec les Américains. Toutes ces affaires, ça nous dépasse. Je dis la vérité, je vous assure. Tuxpan est une toute petite ville.

Mammon agita les mains en signe d'impuissance.

— On essaie de survivre. Les temps sont durs.

Il se pencha en arrière et parla à l'oreille d'un de ses sbires. Puis il fit face de nouveau à Rourke. L'autre homme sortit.

— Vous n'êtes pas très bavards.

— Fatigués.

— J'y pensais justement. Vous avez peut-être faim ?

Rourke le remercia. A quoi jouait donc ce Mammon ! se demandait-il.

— Dites-moi la vérité, vous avez déchargé de la camelote ?

— Vous n'y êtes pas du tout, répliqua Rourke.

— Oui bien sûr, marmonna l'autre. J'oubliais. Votre bateau a coulé. C'est ça ?

— Ça ne devrait pas tarder, en effet.

— Ecoutez, je suis d'une nature pacifique. On fait fifty-fifty et on n'en parle plus. Vous êtes libres. Tuxpan est pauvre. Chacun doit faire dans son intérêt.

Mammon méritait un premier prix de comédie. Son esprit était aussi malodorant que ses chairs flasques.

— Je vous répète que nous ne possédons rien.

— Après tout, c'est à vous de décider. Je crois que vous ne me faites pas confiance. Ça me peine beaucoup... Non, je vous assure.

Du plat de la main, il s'essuya le front.

— Mammon n'a qu'une parole. S'il dit on partage, eh bien on partage. Mais toi l'étranger, tu viens chez Mammon, la nuit, tu te caches... Tu cherches à t'enfuir... Ensuite, tu racontes des histoires.

Il leva alors la main en l'air, comme prenant les anges à témoin.

— Moi, je veux bien te croire. Le bateau, je veux bien, les canots qui repartent, tout ça, je veux bien le croire. Mais en échange, étranger, il faut s'entraider. Nous sommes tous des hommes. Pas des animaux. On doit s'aimer.

Rourke ne put, là, s'empêcher de sourire.

— D'accord, reprit Mammon.

(Il claqua du doigt.)

Deux de ses cerbères attrapèrent un commando. Celui-ci se débattit, en assomma un, et, subtilisant l'arme du second, lui braqua le canon sur la tempe. Mammon recula.

Le commando se servait comme bouclier de son otage.

— Tu nous as assez bassinés comme ça, lança-t-il. On va sortir tranquillement, sinon je bute cette merde (il appuya le canon de son flingue sur la joue du Mexicain).

— Tu n'iras pas loin, lui répondit Mammon en reculant de nouveau. (Il était presque sur le pas de la porte.)

— Ça, c'est mon affaire.

Puis il poussa son otage devant lui. Ses deux camarades se regardèrent puis cherchèrent dans les yeux de Rourke son assentiment. Mais Rourke ne leur livra pas le fond de sa pensée. Il savait que l'initiative du commando se solderait par un échec. Mammon avait raison. Il ne quitterait pas facilement, et sans casse, l'hôtel de ville. On les avait coincés dans une souricière. Et ce n'était pas les fusils qui manquaient. L'un d'eux aurait la peau du commando.

Celui-ci et son prisonnier traversèrent la pièce. Et plus ils avançaient, et plus Mammon reculait. Et dès que ce dernier fut sur le palier, un de ses hommes referma brusquement la porte. On entendit le bruit des verrous, celui d'un loquet.

Le commando jeta furieusement son otage par terre. L'arme du Mexicain assommé fut ramassée à son tour. Rourke se mit alors à tourner en rond. Puis il s'exclama :

— Et puis ? Que va-t-on faire maintenant ? J'espère que tu n'as pas cru une seconde qu'il allait te laisser filer !

Le commando le regarda, penaud.

— Ce Mammon est fêlé. T'as pas vu qu'il était dingue ?

Rourke soupira, avant d'ajouter :

— Il aurait buté ton Mexicain sans hésiter... Et nous tous avec !

CHAPITRE V

Tuxpan formait une sorte de quadrilatère. La mer se trouvait à l'est, un petit port aux infrastructures délabrées, quelques rafiots tenant encore miraculeusement à flots. Au sud, un dédale de ruelles conduisant à la place, sa fontaine, son hôtel de ville. Au nord, une poignée de fabriques, de manufactures, désertées où l'ouvrier avait cédé la place aux rats et à la vermine. Un ancien garage, apparemment désaffecté, bordé d'une décharge remplie de véhicules détruits, empilement de tôle, voisinant avec des lopins de terre en friches, hérissés de cabanes. L'ouest paraissait plus vivant. Des lotissements aux façades fissurées côtoyant une superbe église au clocher surdimensionné. Dans les rues voletaient quelques poules, en liberté, se promenaient aussi des animaux ayant encore échappé à la casserole. C'est qu'on ne mangeait pas à sa faim tous les jours dans cette *puebla* côtière, autrefois entretenue par les hordes de touristes.

Quelques milliers d'habitants vivaient encore dans la ville.

Asher avait obtenu ces renseignements des jeunes Mexicains capturés sur la plage. Il les avait cuisinés dès qu'il avait entendu les coups de feu, et avait remis ça après le retour d'un de ses éclaireurs.

Il fallut une trentaine de minutes pour que les commandos prennent position aux quatre coins de Tuxpan. Le gros de l'effectif se déploya autour de l'hôtel de ville. Asher, lui, se trouvait sur un toit. Et communiquait avec ses troupes par talkie-walkie. Il attendait maintenant le moment propice pour donner l'assaut.

Asher n'était pas réputé pour faire les choses à moitié. « Donnez-moi une centaine de " têtes brûlées " disait-il, et je vous décroche la lune. » Une manière de dire qu'il était prêt à tout. Qu'une dose de folie en supplément ne pouvait mal faire.

Ce qui le retenait pour l'instant d'agir, c'était la crainte de sacrifier Rourke et ceux qui s'étaient fait piéger avec lui. Et comme Asher se sentait un peu responsable de ce qui était arrivé, il avait rempoché son côté kamikaze.

Deux commandos se tenaient à ses côtés. A plat ventre sur le sol. Phil et Murray. Deux anciens matons, affectés autrefois au pénitencier d'Etat de Louisiane. Asher les avait repêchés, usant d'une certaine influence qu'il avait à l'état-major de Chambers. Car Phil et Murray passaient pour de vraies brutes sadiques. Trait de caractère qui faisait, selon Asher, les meilleurs soldats d'élite. Opinion très spéciale, presque hérétique, qui lui avait valu de nombreuses inimitiés dans l'armée. Mais les temps étaient durs ; et l'on ne pouvait trop faire la fine bouche.

Asher appela l'unité postée près des lotissements encore habités.

— Tout va bien capitaine. Les indigènes nous sont plutôt favorables.

— Faites gaffe, quand même ! répondit Asher d'un claquement de langue.

Puis il contacta le groupe détaché aux anciennes manufactures. Le sergent Mallory l'informa qu'ils avaient dû buter un type suspect et qu'ils avaient planqué le cadavre. Pour le reste, tout allait bien. Ils attendaient le signal pour agir. Ceux des commandos qui étaient passés par le port — du moins ce qui en restait — y notaient une certaine effervescence. Un petit chalutier venait de lever l'ancre, après avoir embarqué une poignée d'hommes armés.

Asher leur conseilla la prudence. C'est alors que, du toit où il était posté, il aperçut, sortant de l'hôtel de ville, un drôle de gus, vrai bouddha aux dimensions de géant, le chef coiffé d'une casquette qu'il prit d'abord pour celle des supporters de l'Equipe de football des New York Jets. Une escouade de types à la mine patibulaire l'entourait, éclatant en faisceaux protecteurs autour de lui. Asher présuma qu'il devait s'agir du chef, de ce fameux Mammon dont les gosses de la plage lui avaient parlé. Il était si différent des autres. Tant par l'ampleur de sa silhouette que par son accoutrement. Et puis on semblait de toute évidence le protéger.

Mammon traversa la rue. Au milieu de sa

garde, et entra dans ce qui ressemblait à une taverne. Une enseigne bariolée, à l'inscription effacée et illisible, courait sous le balcon. Mammon s'y engouffra, abandonnant devant l'entrée trois marioles en veste blanche chiffonnée.

Une petite lueur s'alluma sous le crâne d'Asher. Il devait s'emparer de ce Mammon. A n'importe quel prix. En le capturant, il obtiendrait la libération de Rourke. C'était évident. Il fit passer le message à toutes ses unités. Ordre de commencer le ratissage de Tuxpan, direction l'hôtel de ville. *Tout homme s'opposant à la progression devait être abattu.* La consigne était formelle. Asher ne prit même pas la peine d'ajouter la formule consacrée, demandant que les civils soient épargnés.

Il se retourna vers Phil et Murray, ses fidèles chiens de garde. On sentait dans leurs yeux briller une étrange étincelle. La perspective d'en découdre enfin les électrisait.

— On va descendre de là, annonça Asher en se relevant. Toi Phil, quand je te le dirai, tu feras péter la porte de l'hôtel de ville.

Phil brandit son arme antichar. Une sorte de tube en plastique, très maniable, et d'une redoutable efficacité.

Asher hocha la tête. Puis les trois soulevèrent la trappe par où ils étaient arrivés, et se laissèrent tomber dans une pièce jonchée de plâtras et de détritus fort variés. Murray braquait devant eux sa lampe torche. Le faisceau lumineux les guida jusqu'au rez-de-chaussée. La porte donnant sur la ruelle était restée ouverte. Asher leur fit signe du doigt d'y aller prudemment. D'autant qu'ils voyaient s'étirer sur le pavé deux ombres immobiles. Deux sbires sans doute de Mammon. Phil mit en bandoulière son arme antichar, sortit un poignard de son étui, et avança vers la porte.

Dehors, deux Mexicains baragouinaient en espagnol. Ils tournaient le dos à la maison où Asher se trouvait. Lui et Phil prirent position de chaque côté de la porte puis Asher toussota. Il appela d'une voix moribonde, et en espagnol, les deux gardes. Les ombres se gondolèrent sur le pavé. Le silence s'installa. Un des Mexicains demanda ce qui se passait. Asher répondit par une violente quinte de toux, assez bien feinte, ne connaissant pas suffisamment l'espagnol pour engager la conversation. Puis l'un des types se décida. On aperçut son ombre grandir, entendit le bruit de ses pas approcher. Asher et Phil reculèrent. En retrait, Murray les couvrait avec un pistolet-mitrailleur. Il visait l'entrebâillement de la porte. Un Mexicain s'y encadra et entra en vociférant. Phil le bâillonna d'une main tandis qu'Asher lui enfonçait dans le ventre son poignard jusqu'à la garde. Le type écarquilla grand les yeux, puis son corps s'écroula par terre. Phil l'attrapa sous les bras, le tira en arrière. Il fallait que son camarade morde lui aussi à l'hameçon. Ce qu'il fit un instant après, ne voyant pas revenir son compagnon. Asher l'éventra à son tour. Puis il essuya sa lame sanguinolente sur son pantalon treillis. Et la rangea dans son fourreau. Phil l'imita alors que Murray les rejoignait.

La ruelle était déserte. Un peu plus haut, à gauche, à l'entrée de la taverne dans laquelle Mammon avait pénétré, on supposait la présence d'autres gardes.

Murray sortit le premier. Il se posta en face, s'adossant contre un mur, le P-M parallèle au visage.

Derrière lui, il vit une dizaine de commandos. Il leur fit signe de s'arrêter. Asher se faufila dans la ruelle suivi de Phil qui brandissait son arme antichar. Il repéra ses hommes et pensa que les autres devaient eux aussi converger maintenant vers la place.

Le moment de l'assaut approchait. Inéluctable. Fatal.

Asher remonta la ruelle. Il avait pour habitude de se mettre toujours à la tête de ses troupes. Il aurait considéré comme une honte le fait de rester planqué à l'arrière, comportement infâmant qu'il rejetait par principe. Asher était un officier sorti du rang. Non un de ces « fils à papa » n'ayant comme seul mérite que d'avoir pu faire une école militaire !

Et puis, Asher aimait sentir dans son dos, dans sa traîne en quelque sorte, des gars décidés à le suivre jusqu'en enfer. C'était une sensation grisante, une sorte de drogue, à laquelle il ne voudrait jamais renoncer.

Les commandos occupaient maintenant toute la ruelle. Asher montra à Phil l'hôtel de ville. C'était le moment d'agir. Phil s'agenouilla. Il visa l'entrée, enveloppa du doigt la détente de son arme, et appuya. La roquette frappa aussitôt sa cible démolissant le bas de l'édifice. La porte vola en éclats. Le tout dans un bruit assourdissant.

Asher déboucha alors de la ruelle. Au même instant, ses commandos se déversèrent sur la place. Ils arrivaient de tous côtés. Une vraie meute acharnée.

Les Mexicains qui gardaient l'entrée de la taverne furent tirés comme des pipes de foire. Ils s'écroulèrent sans même avoir compris ce qui leur arrivait.

Un groupe pénétra dans l'hôtel de ville. Les commandos jetèrent à l'intérieur une tripotée de grenades quadrillées. La surprise était complète. Et la résistance qu'on leur opposait ne semblait pas entamer leur désir de nettoyer l'édifice au plus vite. Le feu était nourri. Et les Mexicains, pris au débotté, furent sauvagement étrillés. Un quarteron d'entre eux empêchaient, cependant, les assaillants d'accéder aux étages.

Rourke et les trois commandos qui l'accompagnaient comprirent rapidement qu'Asher venait de donner l'assaut à l'immeuble. Ils avaient deux pétoires, récupérées sur leurs gardiens. C'était peu, mais suffisant pour éviter d'être vulgairement liquidés. L'explosion avait durement secoué la baraque et pris de court tous ses occupants. Rourke les entendait maintenant livrer leur baroud d'honneur.

Dehors, Asher était parvenu à enfoncer la porte de la taverne. Là, la bagarre faisait rage. Mammon ne se laisserait pas cueillir comme ça.

Et sa garde avait lestement transformé l'endroit en camp retranché.

Accroupi près d'un mur, protégé par une table renversée, Asher rechargeait son automatique 45. Phil avait remis une nouvelle roquette dans son arme antichar, et n'attendait qu'un geste de son capitaine pour tout faire sauter. Mais Asher tenait à capturer Mammon. Sans savoir vraiment pourquoi, il voulait le prendre vivant. Et puis Rourke était peut-être captif dans cette taverne. Malgré le rapport que lui avait fait son éclaireur, disant que Rourke était enfermé dans l'hôtel de ville, Mammon avait très bien pu lui faire traverser la rue. Asher ne pouvait courir le risque de laisser Phil mettre la taverne en ruines ! Ce qu'évidemment, il aurait fait volontiers.

On les canardait toujours. Rageusement. Asher se soulevait par intermittence et tirait au jugé sur tout ce qui bougeait devant lui. Ainsi il dégomma trois Mexicains. Les tuant ou les blessant, les mettant en tout cas hors-jeu pour un bout de temps. Au fond de la grande salle, les étagères du bar n'étaient plus qu'un empilement de verres brisés, de culs de bouteille pissant leur jus, de tessons éparpillés. Au-dessus, sur un balconnet, deux tireurs s'étaient embusqués. Ils interdisaient l'accès aux couloirs. Mammon devait être planqué là-haut. Asher en était persuadé. Mais il ne voulait pas sacrifier ses hommes. Il aurait facilement pu, en effet, réduire au silence les deux Mexicains embusqués à l'étage, mais ces fumiers visaient juste.

Les commandos tenaient dehors la place. Tuxpan était entre leurs mains. Résistaient encore la taverne et l'hôtel de ville. Là, la situation avait évolué. Des commandos spéciaux avaient réussi à atteindre l'étage. C'était le sergent Mallory qui dirigeait la manœuvre. Il avait été touché à l'épaule. Juste une éraflure. Une tache de sang maculait sa veste kaki, mais Mallory ignorait pour l'instant sa blessure. Deux Mexicains lui posaient un sérieux problème. Nichés au deuxième étage, ils arrosaient les escaliers avec leur mitraillette. Il fallait absolument buter ces enfoirés. Et tout rentrerait dans l'ordre.

Dans la pièce où on l'avait enfermé, Rourke entendait les cris du sergent Mallory. Il était clair qu'il pouvait faire sauter cette porte et se joindre à la partie. Rourke réclama un des colts et tira plusieurs fois dans la serrure. Des esquilles de bois se répandirent partout jusqu'à ce que la porte quitte son chambranle. Rourke botta dedans. Le panneau de bois s'effondra. Il aperçut, tassé contre un mur, Mallory. Et comprit que le danger venait du dessus. Il se plaqua contre le mur et progressa ainsi jusqu'à ce qu'il fasse front aux tireurs mexicains. Dès qu'il les vit, tout se précipita. S'enchaîna rapidement. Il ne prit pas le temps d'ajuster son tir et vida son chargeur, d'un geste réflexe, sur les Mexicains. L'un d'eux bascula dans le vide et s'écrasa en bas, dans le hall ; l'autre touché au cou s'affala, lâchant sa mitraillette. Rourke se rua alors dans l'escalier. Il monta les marches quatre à quatre, et fut sur le type blessé en quelques secondes. D'un coup de pied, il expédia la mitraillette suffisamment loin du Mexicain pour que celui-ci n'en ait plus l'usage.

Le sergent Mallory le rejoignit.

— Cette fois, j' crois bien que le ménage est fait !

— Où est Asher ? demanda Rourke.

— A la taverne en face. Y a du grabuge là-bas.

Rourke emprunta au sergent son P-M, puis il dévala l'escalier, grouillant maintenant de commandos, traversa le hall en courant. De l'autre côté de la place, les coups de feu ne cessaient de crépiter dans la taverne. Rourke s'y précipita. Il vit, de suite, Asher planqué derrière une table aussi percée qu'une passoire. Le capitaine le repéra à son tour. Rourke était sain et sauf. Il n'y avait plus aucune raison de tergiverser avec Mammon.

— Vas-y, Phil ! Fais-moi péter ces fumiers là-haut !

Phil quitta sa cache, visa, tira. Le tout fut exécuté en une fraction de temps. Le balconnet partit en morceaux. L'explosion catapulta les deux Mexicains au milieu des tables renversées, des cadavres, plus ou moins refroidis qui jonchaient la salle. Les murs de la taverne s'ébranlèrent. Asher crut un instant que tout allait s'effondrer. Mais une fois la secousse passée, tout reprit sa place. Et les murs cessèrent de trembler.

Trois commandos se ruèrent vers l'escalier

(du moins ce qu'il en restait) et se répandirent dans l'étage.

Asher se releva, tapota l'épaule de Phil et avança vers Rourke.

— Je croyais que Mammon t'avait emmené avec lui.

— C'est du bon boulot, Woody. Mais je crains que cette fois notre présence ne soit définitivement révélée à tous.

— Ce sont les impondérables John, fit Asher en entraînant Rourke dehors.

Mallory faisait empiler sur la place les cadavres. Et avait pris sur lui de les dépouiller de leurs tenues civiles.

— Où sont les camions ? interrogea Rourke en faisant pivoter son regard. Que tout ce boucan nous serve au moins à quelque chose !

— On va les faire venir, John.

Asher joignit le caporal Vargas avec son talkie-walkie.

— Tout est nettoyé, caporal, amenez les véhicules.

Un des commandos fait prisonnier en même temps que Rourke vint lui rapporter ses deux Detonics.

— Merci, Fred.

Rourke remisa sa quincaillerie dans ses holsters. Il sortit son paquet de cigarillos, en alluma un avec son Zippo, et avala une profonde bouffée de tabac. Il se sentit bien. Il se tut un instant, savourant ce bref répit, puis il félicita Asher pour la manière dont il avait réglé le problème.

— Tu sais mes hommes et moi on ne fait qu'un. Si je ne me mouillais pas avec eux, ils me chieraient dessus. Un officier qui se terre derrière ses hommes, c'est un camion sans roues.

C'est alors que Murray s'écria :

— Capitaine !

Rourke et Asher se retournèrent. Murray tenait Mammon au bout de son pistolet-mitrailleur. Le calife de Tuxpan tremblait comme une motte de coing. Il avait perdu sa superbe. Les rôles étaient inversés. Les as avaient changé de main. Rourke et Asher raflaient les mises. Asher eut une mimique narquoise.

— Alors, conard ! beugla-t-il. Tu te prenais pour Dieu le père !

Il lui retourna une mandale en pleine poire.

Mammon essuya le coup en se pinçant les lèvres. Son visage vira au rouge. Mammon avait l'air honteux d'un morveux ayant chippé le tronc des aumônes, et qu'on avait surpris en train de compter sa galette.

Asher se colla contre lui.

— Maintenant tu vas me dire où s'est barré ce rafiot tout à l'heure !

Le sergent Mallory avait signalé ce fait à Asher avant que le capitaine ne donne l'assaut à la ville.

— Je ne vois pas... Aïïiee !

Mammon reçut un coup de crosse dans les reins.

— Il est allé récupérer une cargaison...

— Ah ! oui...

— De quoi s'agit-il ? demanda Rourke en expédiant au loin son clope, d'une pichenette.

— Je ne sais pas...

Murray lui chatouilla de nouveau les reins.

Mammon se plia. Son faciès grimaça. Ses lèvres se froissèrent, découvrant une bouche salement édentée.

— Je vous assure que je n'en sais rien, supplia Mammon. C'est un service. Depuis des semaines, y a de la camelote qui passe par Tuxpan.

L'oreille de Rourke se dressa. Ce que racontait Mammon pouvait très bien avoir rapport à la formation du convoi, signalée à Pachuca.

— Et tu ne sais pas ce que tu reçois.

— C'est vrai, je vous le jure.

— Admettons, fit Rourke. Et qu'est-ce que tu en fais de cette camelote ?

— On la charge dans les camions et on l'amène à Pachuca.

— A qui ?

Mammon hésita une seconde.

— Si je parle, je suis fini, gémit-il.

— De toute façon, conard ! ajouta Asher, ton avenir sent le roussi.

— C'est un major de l'Armée rouge. Il s'appelle Ylliachine.

Dès que Mammon eut prononcé ce nom, Rourke et Asher se regardèrent aussitôt. Ylliachine était ce major du GRU qui chapeautait les cellules soviétiques spécialement envoyées à Pachuca. Unités d'élite des services secrets militaires.

Mammon remarqua que ce nom leur semblait familier. Il saisit alors qu'en le prononçant, il venait de signer son arrêt de mort.

Rourke emmena Asher à l'écart.

— Je crois, dit-il, que notre visite n'aura pas été inutile.

— Je vois ce que tu veux dire.

— On va attendre que le bateau revienne. Et nous amènerons nous-mêmes la cargaison à Ylliachine.

Asher acquiesça. Puis il revint sur ses pas. Il tapota la joue de Mammon et le gratifia d'un sourire sardonique.

— Et quand ce bateau doit-il revenir à Tuxpan ?

— Dans deux ou trois heures.

— Très bien.

Asher se détourna, et, en s'éloignant, il ajouta :

— Murray va s'occuper de toi, conard !

CHAPITRE VI

Trente minutes suffirent aux commandos d'Asher pour revêtir les habits civils récupérés sur les Mexicains et transporter les corps dans l'une des anciennes manufactures de Tuxpan.

Les camions, apprêtés, attendaient tranquillement sur la place où le sergent Mallory avait mis un peu d'ordre. Trois commandos s'assuraient que les habitants restent en dehors du coup, et n'aient pas l'idée saugrenue d'avertir le chalutier avant qu'il ne revienne au port. Rourke avait insisté pour que la ville ait l'air normale. Il savait qu'une mission pouvait parfois foirer pour un simple petit détail auquel on n'avait pas pensé.

Asher, lui, avait déployé autour de la rade (mot un peu surfait pour un port si modeste) trois équipes de commandos qui, dans leur costard blanc, ressemblaient à un banc de maquereaux arpentant les rues du quartier à putes de Beverley Hill. Il leur manquait juste un chapeau feutre et des souliers vernis, blanc et noir, au bout arrondi.

Rourke et Asher se tenaient à l'écart, dans

une sorte de petite baraque en planches, où, à l'époque prospère de Tuxpan, on devait vendre des colliers de perles ou de coquillages aux gogos qui débarquaient des paquebots croisières. On ne voyait d'eux que le haut de leur buste. Ce qui leur permettait de cacher, sous une espèce de comptoir, deux pistolets-mitrailleurs.

Les eaux du golfe étaient calmes. Et le quart de lune toujours aussi romantique. L'air avait cependant fraîchi. En fait, la température était tombée à vingt degrés, c'est-à-dire que les pieds ne gelaient pas encore mais que l'on respirait sans suffoquer.

De leur poste d'observation, Rourke et Asher embrassaient tout ce qui se passait sur le quai ; ils voyaient les trois équipes ; et surtout avaient pleine vue sur le large et, par conséquent, seraient les premiers à repérer l'embarcation rentrant à Tuxpan.

Asher s'était revissé dans la bouche son éternel vieux clope éteint qu'il avait l'habitude de mâchonner perpétuellement. Rourke, lui, fumait un cigarillo. Les mains à plat sur le comptoir.

— Dis-moi, John, fit Asher comme à confesse, je suis content de faire équipe avec toi. Je sais tout ce que tu as fait depuis le commencement de cette foutue guerre. Du bon boulot !

— Merci, Woody.

— On m'a dit que t'en voulais pas de cette mission.

— Je crois que t'avais pas besoin d'un chaperon.

Asher grimaça.. Son clope éteint fila d'un coin à l'autre de sa bouche.

— Chambers me prend pour un cinglé.

Asher marqua une pause.

— Après tout, se sourit-il, c'est peut-être vrai.

Rourke secoua la tête. Il circulait, en effet, de drôles d'histoires au sujet d'Asher, de sa manière de conclure une opération défaillante. On disait qu'il n'avait pas hésité à sacrifier toute une unité pour ne pas rentrer bredouille à la base. Les mauvaises langues ajoutaient que le capitaine Asher était un dangereux psychopathe qu'on n'aurait jamais dû investir de responsabilités, pour lesquelles, disait-on toujours avec malveillance, il n'était ni préparé ni apte. En ce qui concernait l'opinion de Rourke, rien ne prouvait pareille inaptitude ; au contraire, la manière dont Asher avait dénoué cette mauvaise passe illustrait un évident savoir-faire, attestait d'un réel courage. Et puis, avait remarqué Rourke, les commandos spéciaux d'Asher éprouvait à l'égard de leur chef un sentiment profond de fidélité et de respect.

Asher avait raison quand il disait qu'un officier distant de ses hommes était comme un camion sans roues !

Deux heures s'écoulèrent. Aucun bâtiment n'avait croisé au large de Tuxpan, sur cette mer d'huile. Rourke se demandait dans sa baraque si Mammon ne leur avait pas raconté des histoires. Si ce rafiot n'était pas un leurre, un piège. Mammon croyait-il avoir encore une chance de retourner la situation à son avantage ? Ce n'était guère pensable, d'autant que Phil et Murray ne le quittaient pas d'une semelle ; le tenant à l'œil dans une pièce barricadée de l'hôtel de ville.

Rourke s'apprêtait à sortir de sa planque lorsqu'Asher lui décocha un coup de coude dans l'estomac.

— Ça y est !

Son index droit montrait une petite masse sombre ondoyant à deux miles des côtes.

Asher attrapa son talkie-walkie.

— Hey ! les gars, nos visiteurs sont là. Préparez-vous. Ils devraient accoster dans une vingtaine de minutes.

Puis il reposa l'appareil à ses pieds. Munie d'une paire de jumelles, Rourke essayait d'identifier la masse sombre. Le quart de lune n'offrait qu'une visibilité moyenne. Il ne permettait pas de discerner avec précision quel était cet objet naviguant au large et se dirigeant vers le port de Tuxpan.

— Tu crois que c'est lui ? fit Rourke comme s'il redoutait quelque arnaque.

— Mammon a dit dans deux ou trois heures... Et cela fait deux heures environ qu'on poireaute.

Rourke grimaçait. Il affichait une moue contrariée.

— Ça sent le coup tordu, dit-il en reprenant les jumelles.

— Que vois-tu ?

— Ça ressemble à un chalutier.

— Bon. Et tu penses que ces enfoirés pourraient nous la mettre en plein.

— Peut-être avaient-ils un signe de reconnaissance entre eux ? Un code ?

Asher s'empara de son talkie-walkie.

— Phil ?

— Oui chef, répondit ce dernier un instant après.

— Demande au connard s'il y a un code entre lui et le bateau.

— Un code ?

— Oui, abruti ! Une manière de dire que tout est okay.

Phil avait compris. Entre deux grésillements, Rourke et Asher l'entendirent poser la question à Mammon.

— Il dit que non, chef, reprit Phil.

— Préviens ce connard que s'il nous fait marron, c'est lui qui partira le premier. Les tripes à l'air.

Phil transmit le message. Il y eut comme un bruit mat. Phil avait cogné sur la tête de Mammon avec la crosse de son Smith et Wesson, un simple avant-goût de ce qui attendait Mammon si les dés étaient pipés.

— Alors ! gueula Asher tandis que Rourke constatait que le bateau se tenait maintenant au large sans bouger.

Phil reprit la conversation. Mais sa voix était étrangement emberlificotée. Il se gratta la gorge. Puis il avoua que Mammon était sonné. Le coup de crosse lui avait fendillé un morceau de sa boîte crânienne. Le sang coulait de la blessure. Et le type gémissait. Il faisait des « Rhaaaaa », semblables à ceux d'un mourant.

— Imbécile ! hurla Asher.

« Imbécile » c'était ce mot qui lui était venu. Ça l'étonna un moment qu'il l'ait employé. Car il n'émergeait pas de son vocabulaire habituel.

Rourke posa les jumelles devant lui. Il avait entendu les excuses de Phil. Elles ne servaient à rien. Il quitta brusquement la baraque, laissant Asher suspendu à son walkie-talkie.

Rourke mit quelques minutes pour parvenir à l'hôtel de ville. Dans une pièce, il trouva Mammon étendu par terre, la tête baignant dans une flaque de sang. Il crut même apercevoir un filet de liquide cérébral dégouliner de la plaie. Phil avait dû frapper sans retenue, comme une brute. La crosse du pistolet avait littéralement haché le crâne de Mammon, l'avait mis en bouillie. Circonspect, Phil se tenait à son chevet. Il lui parlait, n'ayant pas visiblement compris dans quel état comateux il avait plongé sa victime. Rourke appela Murray.

— Où sont les autres prisonniers ? lui demanda-t-il d'une voix indiscutablement pressée.

— Je vous y conduis ?

— Et *fissa !*

Ils traversèrent hâtivement une grande salle aux murs blanchis à la chaux, divisée en deux parties par une enfilade de tables et de chaises formant une ligne brisée ; au bout, il y avait une petite porte entrouverte. En approchant,

Rourke entendit une succession de râles, de gémissements. En fait de prisonniers, la petite pièce comptait trois blessés, entraînés inexorablement vers le saut fatal. On les avait couchés les uns contre les autres, à même le sol, tels qu'on les avait trouvés après l'assaut. Aucun soin ne leur avait été apporté, pas le moindre bandage posé sur les plaies suintantes et visqueuses de sang. Un des blessés, entièrement dénudé — Mallory lui avait chipé ses frusques — paraissait moins mal en point que ses camarades. Une balle lui avait perforé l'épaule gauche mettant à jour l'omoplate. Pour autant que la blessure fût sévère, le type avait une chance d'en réchapper s'il était soigné.

Rourke s'agenouilla près de lui, lui soulevant la tête, précautionneusement. Le type poussa un cri effroyable. L'omoplate avait bougé. Il sortait de ses chairs comme un piston. Rourke retint son souffle et s'excusa. Il parlait doucement, sur un ton presque amical, en tout cas compatissant.

— On peut te soigner, annonça-t-il au blessé. Et tu pourras gambader dans quelques semaines. Tout ne sera qu'un mauvais souvenir.

Le Mexicain tendit vers lui des yeux mouillés de larmes.

— Seulement, il faut que tu m'aides.

Les paupières du blessé palpitèrent. Le type respirait péniblement. Chaque respiration faisant jouer l'omoplate.

— Tu veux t'en tirer ?

— Ouiii...

Rourke se pencha davantage. Le Mexicain articulait difficilement.

— Le bateau attend un signal. Lequel ? Dis-moi ce qu'il faut faire et je te promets que je ne te laisserai pas crever. Je n'ai qu'une parole.

Le Mexicain n'avait pas le temps de tergiverser. Il devait se fier à Rourke sur-le-champ. C'était sa seule et dernière chance.

— La ra... La rad...

Ces mots se mêlèrent aux gémissements des deux autres blessés.

— La radio, c'est cela ? fit Rourke en élargissant son sourire.

Le Mexicain battit des paupières. Ses lèvres mimèrent un « oui » insonore.

— Et que faut-il dire avec la radio ?

— TOUT ! s'écria le Mexicain. (Une violente douleur lui avait arraché ce mot et l'avait fait brailler.)

— Mais « tout » quoi ?

Rourke s'efforçait de se montrer patient. Il fallait que le type lui fasse confiance. Qu'il se confie comme à son confesseur. Brusquer les choses, et le Mexicain emporterait son secret dans la mort. Et le rafiot irait débarquer sa camelote ailleurs.

— ... *Es bueno...*

— Tout va bien ? c'est cela.

Le gars expira un long soupir. L'omoplate rentra dans les chairs. Et en ressortant, l'os arracha au blessé un cri infernal. Puis le Mexicain s'évanouit. Le front baigné de sueur, les mains grelottantes de fièvre.

Rourke se retourna vers Murray.

— Préviens Asher. Et grouille-toi.

Murray ne dit rien et se mit à courir. On entendit le pas précipité de sa course, puis Rourke se releva. La pièce puait la mort. Aux blessures des types, il remarqua que les commandos employaient des balles explosives. Il en parlerait à Asher.

Avant de partir, il jeta un dernier regard à l'omoplate. Lentement, il dégaina son feu, visa la tête du mourant et appuya sur la détente. La balle entra dans le front, juste au-dessus des arcades sourcilières et se logea, sembla-t-il, dans le plancher. Un petit cratère orna le front du Mexicain. Cette fois, il était bel et bien mort. Et cela valait mieux pour lui que de subir une longue et dégradante agonie. Rourke replaça son soufflant dans son étui. Une légère odeur de poudre se mélangeait, là, à celle des chairs pourrissantes.

Puis Rourke disparut. Il devait maintenant rejoindre Asher au plus vite, vérifier que Murray lui avait bien transmis le message.

Asher avait tout expliqué à l'un de ses éclaireurs hispanisants. Un type sur le chalutier lui raconta qu'ils avaient failli mettre les bouts. Mais, maintenant, tout était arrangé et ils rentraient à la *casa*.

Rourke réintégra la baraque. La masse sombre se dirigeait vers le port. Au fur et à mesure, elle grandissait. Et l'on voyait distinctement sa coque et entendait un peu le ronronnement de son moteur.

On approchait du dénouement. Asher avait alerté toutes ses équipes et les faux Mexicains endimanchés se promenaient innocemment — du moins essayaient-ils d'en donner l'apparence — sur le quai.

Le bateau voguait vers Tuxpan. Il accosterait dans quelques minutes. Asher et Rourke se côtoyaient dans un silence oppressant. Sans piper mot, ni faire le moindre bruit. Toute leur attention se portait sur le rafiot. Celui-ci avait dépassé la jetée. Et son moteur pétaradait. Le bruit enflait.

Rourke repensait au Mexicain qu'il avait exécuté. Aucune morale ne s'opposait au geste qu'il avait eu, afin d'abréger les souffrances du mourant. Il lui avait menti pour qu'il parle mais s'il avait existé la moindre chance de le sauver, il ne l'aurait pas buté. Rourke savait qu'il aurait agi ainsi. Il ne cherchait pas à se faire pardonner quoi que ce soit. Il était lucide. Voilà tout, simplement honnête envers lui.

Asher avertit ses gars que le rafiot entrait dans le port. Sur la partie avant de l'embarcation, quatre types faisaient des moulinets avec leurs bras. La ligne de flottaison du bateau s'enfonçait dangereusement dans l'eau. Il était rempli à ras bord.

Deux tireurs d'élite postés sur un toit, face au port, tenaient dans leur lunette à infrarouge deux cibles. Deux têtes aux cheveux noirs ébouriffés, au visage souriant.

Lorsque le chalutier jeta son amarre, deux coups de feu détonèrent. Deux passagers basculèrent dans la flotte. Tandis que les commandos en veste blanche fonçaient vers le rafiot. Le pilote tenta de faire machine arrière mais, déjà, une rafale de P.M. nettoyait le pont, décimant ceux des Mexicains qui ne s'étaient pas mis à couvert.

Asher et Rourke quittèrent leur planque. Le premier donnait des ordres dans son talkie-walkie qu'il portait collé contre sa joue droite, brandissant son flingue dans sa main libre ; le second, Rourke, se précipitait vers le ponton. Le bateau s'était mis à tourner sur lui-même. En une ronde folle. Il dérivait un peu. Et s'éloignait du bord.

Un tireur embusqué alluma le pilote. Tandis que les commandos attrapaient le bateau au lasso. Asher gueulait. Il craignait qu'une balle perdue ne touche le moteur et son réservoir, que le chalutier n'explose alors. Il obligea deux de ses gars à piquer une tête dans l'eau et à aborder le rafiot. Le gros de l'effectif se trouvait maintenant sur le port. Assistant, impuissants, à cette dérive burlesque.

Le chalutier tournoyait. Et les deux nageurs semblaient ne pouvoir le rejoindre. Leurs bras frappaient vigoureusement sur les vaguelettes.

— Bande de guignols ! aboya Asher. Mangez-vous le cul.

Il se tourna vers Rourke.

— Espérons que ce rafiot ne va pas se tirer tout seul.

— Il faut bousiller l'hélice.

L'idée était séduisante, mais seul un tireur

hors pair pourrait y parvenir. Et les deux commandos postés sur le toit se trouvaient trop loin, et fort mal placés, pour exécuter ce coup sans risquer de tout faire sauter. D'autant qu'on ignorait toujours de quel type de camelote il s'agissait.

— Donne-moi un fusil à lunette, fit Rourke sans perdre de vue le bateau qui maintenant échappait définitivement aux nageurs.

Deux minutes plus tard, Rourke était satisfait. Il rejoignit le bout de la jetée en courant, jetée vers laquelle dérivait le bateau fou. Dans un mouvement réglé au quart de tour, il mit un genou à terre, épaula le fusil, localisa grâce à la lunette, l'hélice, et vida tout son chargeur.

Pendant ce temps, Asher avait mis une barque à l'eau et trois gars s'escrimaient à ramer comme des galériens. Ils avaient pris le chalutier en chasse et commencèrent à s'en rapprocher lorsque Rourke eut fusillé son hélice.

Ils abordèrent un instant plus tard et, grâce à des cordes qu'ils avaient emportées avec eux et l'aide de toute la compagnie, ils réussirent à ramener le rafiot vers le bout de la jetée. Ils l'attachèrent solidement avant qu'Asher et Rourke ne montent à bord pour l'inspecter.

Aucun membre de l'équipage ne survivait. Les hommes d'Asher visaient juste. Et l'effet de surprise avait été total. Le sergent Mallory s'occupa de nettoyer le rafiot de sa macabre cargaison tandis que Rourke découvrait à fond de cale une dizaine de caisses en bois solidement arrimées les unes aux autres.

Asher qui se tenait derrière lui avec une lampe tempête lui tendit un pied de biche. Rourke s'en saisit et fractura le couvercle de la caisse supérieure.

— Bon sang, murmura-t-il.

— Qu'est-ce que c'est ?

— Des missiles air-sol. Flambant neufs.

Rourke reposa le couvercle.

— A toi de jouer Woody. Fais transporter ces trucs à terre. Et que les gars soient prudents. On ne sait jamais avec ces choses-là. A la moindre fausse manœuvre, ça peut te péter à la gueule.

Asher hocha pensivement la tête. Puis, en un laps de temps très court, il imagina ce qu'il serait advenu du bateau si une balle avait échoué sur ces caisses. Il en eut des sueurs froides. Puis il s'esquiva avec Rourke et rejoignit la jetée.

La brise légère qui se levait le revigora.

CHAPITRE VII

Le vent soufflait maintenant en violentes bourrasques. La perturbation provenait sans doute du large du golfe de Campêche, des îles Caraïbes à la perpendiculaire desquelles se trouvait la ville de Tuxpan.

Des nuages couvraient le ciel. La tempête les malaxait, formant comme un tourbillon. En fait, et bien qu'Asher en eût d'abord douté, il s'agissait d'un cyclone. Rourke était formel. Alors qu'il effectuait une mission pour la CIA, il y a quelques années, dans la presqu'île de Ceylan, il avait été pris dans un cyclone. Il avait gardé de cette expérience un souvenir très vivace. Jamais il n'avait vu pareil déchaînement d'horreurs. Des maisons broyées, des véhicules emportés comme poussière, des femmes, des enfants, des hommes, propulsés en tout sens, réduits en pièces détachées. Un immense raz-de-marée avait succédé au saccage du cyclone. Des milliers de tonnes de flotte avaient englouti des villages, décimé des troupeaux entiers, détruit les récoltes en cours de thé et d'épices. Ce déferlement avait duré près d'une journée entière avant que les vents ne faiblissent, que les eaux se retirent un peu. On avait décompté des milliers de morts parmi les populations égarées. Celles de la campagne qu'on n'avait pu secourir ni même avertir du désastre. Ce souvenir, Rourke n'avait jamais pu l'effacer. Même s'il avait rencontré plus tard des ouragans dévastateurs. Il était resté gravé en lui. Comme le stigmate d'une épreuve atroce.

Là, non loin de Tuxpan, il voyait les nuages brassés par le vent, remués comme de la crème battue ; nuages violacés contre lesquels les rayons du soleil se brisaient. La dépression était encore au large, mais, dans quelques heures tout au plus, elle serait sur Tuxpan et s'y abattrait. La ville ne résisterait pas à cette destructrice et puissante vague d'énergie. Elle serait engloutie. Détruite. Dévastée.

Asher refusait de croire que cette saloperie fonçait sur eux. Il faisait néanmoins accélérer le chargement des camions. Et le sergent Mallory s'était rendu dans l'ouest de la ville avertir la population du sinistre qui la menaçait. Mais les habitants semblaient avoir pigé ça plus tôt que prévu, et déjà ils rassemblaient leurs maigres biens, enfermaient dans des cages les quelques poules qui leur restaient, et s'apprêtaient à gagner les montagnes où ils se terreraient jusqu'à ce que le cyclone eût achevé son sale ouvrage.

Les moteurs des camions tournaient parfaitement. Ils déversaient leurs vapeurs d'oxyde de carbone sur les commandos réunis près de l'autocar. Ceux-ci attendaient que Rourke et Asher leur ordonnent de grimper à bord. Ils regardaient avec une certaine anxiété le ciel remué, assombri, approcher vers eux, les vagues s'écraser sur le quai. La mer était déchaînée. Noire. On la sentait battre comme le cœur d'un démon. Prête à s'emparer de cette bande de terre que, quelques heures auparavant, elle cajolait encore.

Rourke avait la tignasse ébouriffée. Le vent lui cinglait le dos. Là, il vérifiait que le moteur de l'ambulance ne le lâcherait pas en cours de route. Il y prendrait place avec Asher, et roulerait en tête du convoi. D'aspect extérieur, cette ambulance ressemblait à un vieux charreton antique. Les peintures se craquelaient partout. Des morceaux de tôle arrachés ou tordus l'égayaient sombrement. Les pare-chocs tenaient miraculeusement. Un coup de semelle, et l'ensemble irait à vau-l'eau ! Du moins pouvait-on le penser de prime abord. Car l'intérieur et le moteur paraissaient capables de résister à de rudes épreuves.

Certes, les banquettes en faux cuir puaient la sueur et l'essence. On les avait lacérées ; et, l'usure aidant, les ressorts surgissaient ici et là. Même le garagiste le plus altruiste du monde n'aurait pas voulu, fût-ce pour un dollar, de cette saloperie de bagnole !

A croire que l'esprit « tête brûlée » d'Asher avait déteint sur Rourke qui refermait, là, le capot de cette monstrueuse mécanique.

Il leva un poing hérissé de son pouce en direction d'Asher. Celui-ci donna l'ordre à ses commandos d'embarquer. Les hommes s'empressèrent d'obéir. Ils optempérèrent de si bon gré, et avec une telle hâte, que le caporal Vargas dut faire usage de sa matraque pour calmer leur ardeur et permettre à chacun d'entrer dans l'autocar.

Asher rejoignit Rourke qui s'était installé au volant de l'ambulance. Il monta à son tour dans le véhicule, suivi de Murray et de Phil qui s'installèrent à l'arrière avec tout leur fourbi.

Le capitaine Asher pinça entre son pouce et son majeur ce vieux clope éteint qu'il mâchouillait perpétuellement. Il fit claper sa langue et hocha la tête.

Rourke passa en première et démarra.

Derrière, le cyclone s'était dangereusement rapproché. Il n'allait pas tarder à broyer Tuxpan, juste pour se mettre en appétit. Car tout laissait croire que cette saloperie avait décidé de traverser le Mexique d'est en ouest.

Le convoi emprunta une route bordée de champs en friches. L'ambulance caracolait en tête, puis suivaient deux camions transportant les missiles air-sol, enfin l'autocar fermait la marche.

La campagne plongée dans un noir d'encre paraissait déserte. On apercevait de temps en temps quelques bâtisses en dur ou faites de planches, mais rien ne signalait la moindre présence humaine. Au milieu de ce désert, fleurissait une végétation cadavérique qui tranchait avec celle, presque luxuriante et tropicale, qui entourait Tuxpan.

Le paysage qui défilait ne suscitait chez Phil et Murray aucune curiosité. Rourke les voyait dans le rétroviseur déballer le contenu d'un havresac. Celui-ci était rempli d'armes de toutes sortes, de munitions, d'explosifs. Ils se les passaient de main en main, sans piper mot, se contentant de simples hochements de tête. On aurait dit deux truands se partageant un magot, deux malfrats en quête d'équité. Ils se montraient totalement indifférents à ce qui se tramait derrière eux. Le cyclone talonnait le convoi. Les rafales de vent devenaient de plus en plus violentes. L'ambulance tenait difficilement la route. Faits sans importance apparemment pour Phil et Murray.

La route commençait à grimper, serpentant, vers les montagnes ocres qu'il fallait franchir pour parvenir jusqu'à la nationale reliant Pachuca à Monterrey.

Ces montagnes ressemblaient un peu au relief affreusement escarpé que Rourke avait quitté dans l'Arizona, la région du Grand Cañon où il avait passé des semaines à entraîner ses louveteaux avant que Morrisson et Moherty ne viennent lui jouer leur sérénade. L'arrière-pays de Tuxpan avait ces mêmes aspects désertiques, avec ses monuments créés par la nature au fil des millénaires. L'érosion avait ciselé la roche, formant des figures étranges, que certains géographes n'hésitaient pas autrefois à dépeindre comme des œuvres d'art. Il ressortait de ces constructions comme l'empreinte d'une intervention surnaturelle. La civilisation aztèque avait trouvé là de quoi enrichir ses croyances magiques. Un tel décor ne pouvait en effet laisser en paix l'imagination de n'importe quel homme... exceptée celle de Phil et de Murray !

Le ciel devenait une sorte de coupole obscure. La chaussée trouée d'ornières, jonchée de pierraille, n'en était que plus dangereuse. Imprévisible. Rourke avait du mal à maintenir sa vitesse. L'ambulance faisant de perpétuelles embardées. Elle bondissait, jaillissait, manquait de filer dans le décor. Malgré ces turbulences, Asher dormait sur le siège passager. Il avait une face d'ange ou celle, plus véridique, d'un démon assoupi. Sa tête cognait contre la fenêtre. Coups à répétition semblables à un martèlement.

Derrière, Murray pommadait un Berreta à canon long qu'il avait soigneusement démonté. Il l'astiquait avec un bout de chiffon, noirâtre, enduit d'une sorte de graisse. Phil somnolait les yeux ouverts. Sa longue figure de cheval éternellement triste s'affublait d'un rictus lui donnant l'air de sourire. Expression un peu béate. Phil se souvenait peut-être de sa grand-mère lui narrant une histoire de *Thanksgiving*. Il se revoyait, enfant, habillé en fantôme, courant d'une maison à une autre pour y réclamer son lot de confiserie. La bouille attendrie de Phil créait cette illusion.

Rourke gravissait à présent la montagne. Il avait allumé ses phares et s'était alors aperçu que seul, celui de droite, fonctionnait. L'autre était apparemment en berne.

Asher ronflait. Le cou cassé, la tête à moitié tordue contre le verre plastifié de la vitre. Certes, ces dernières quarante-huit heures avaient été éprouvantes, mais Rourke se demandait avec perplexité ce qu'il adviendrait du convoi si une bande l'attaquait, à l'improviste, alors que toute l'équipe rêvassait.

Inutile d'être grand clerc pour deviner ce qui se passerait !

Rourke posa sa main sur l'épaule d'Asher et le secoua. Il l'agita comme un shaker. Mais Asher était plongé dans un sommeil profond. Et il se contenta d'abord de marmonner, avant de se mettre à grogner. Il se décida finalement à ouvrir un œil. Un œil noir d'encre, aussi sombre que le ciel qui semblait descendre sur terre, se plaquer contre le sol afin de l'engloutir.

— Si j'étais toi, Woody, fit Rourke en se cramponnant au volant, je vérifierais que tout se passe bien dans l'autocar. Si tout le monde pionce comme toi, je préfère changer d'assurance.

Asher émergeait. Il était encore groggy. Puis il s'étira bruyamment en dépit de l'étroitesse de l'habitacle ; ses jambes se mirent à craquer, ses jointures à crisser. Il secoua la tête comme pour y chasser un voile, puis il attrapa son talkie-walkie. L'appareil lui parut mystérieux. Comme si son maniement relevait soudain d'un art diaboliquement élaboré. Pendant quelques secondes, il resta comme figé, paralysé, puis il appuya sur un bouton et colla une sorte de rondelle grillagée contre sa bouche.

— Mallory, grogna-t-il. Comment ça va derrière ?

— Tout va bien, capitaine.

— Que personne ne roupille sergent ! Ou que vos gars le fassent par roulement. C'est pigé ?

— Cinq sur cinq, capitaine. Et vous ?

— Quoi moi ! fit Asher d'une voix tonitruante. Comme s'il devinait quelques arrière-pensées chez Mallory.

— Votre bagnole tourne bien ?

— Ouais !

Puis l'échange se termina. Asher avait brutalement refermé le clapet. Il s'assura que tout allait bien dans les camions puis il demanda à Rourke s'il souhaitait prendre un peu de repos. Rourke le remercia. Il préférait tenir le volant.

Le convoi dépassa un petit village déserté, quelques baraques en torchis plantées à flanc de montagne, à proximité de ce qui avait dû être autrefois une sorte de ranch. Il y avait, en effet, plus haut, une demeure aussi vaste que le village entier, genre hacienda, dans le style espagnol. Un gigantesque pan rocheux la flanquait, la protégeant d'un précipice dans lequel, le vent soufflant en tornade, semblait tout aspirer. Des tombereaux de poussières, de brindilles, de terre floconneuse, de petits cailloux, tourbillonnaient dans cette cheminée naturelle dans laquelle s'exerçait une force incroyable.

Rourke songea un instant à ce qui les attendait lorsqu'ils auraient atteint mille mètres. A cette altitude, les turbulences très instables ne manqueraient de poser problème. Déjà, l'ambulance roulait au ralenti. Le vent tourbillonnant la soulevait parfois. Un coup trop violent et c'était la chute qui les guettait. Une chute irréparable, fatale, dont personne ne sortirait indemne. La physiologie et les lois de la physique le voulaient ainsi. Et il n'y avait rien à y faire.

Le danger principal venait cependant des camions et de leur chargement. Rourke n'oubliait pas qu'ils transportaient des missiles air-sol avec leur charge explosive.

Un peu plus loin, la route longeait une passe profonde. A gauche, une paroi rocheuse déversant ses éboulis, à droite un véritable gouffre : trois cents mètres de vide s'évasant vers le bas. C'est le front baigné de sueur, les sens aiguisés, en état d'alerte, que Rourke engagea l'ambulance sur cette sorte de corniche. Il avait rétrogradé en deuxième. Le compteur marquait cinquante kilomètres heure. Rourke décéléra encore. Jusqu'à ce que le compte-tours de l'ambulance indique que le véhicule était en sous-régime. Rourke craignait les éboulements de cailloux. Il ne voulait être pris de cours. Avoir à freiner brusquement. Le convoi effectua les premiers deux cents mètres sans problèmes. Mais les vents redoublaient de force et les attiraient vers le précipice. Comme un aimant.

Asher ordonna aux conducteurs de s'arrêter mais de laisser tourner les moteurs.

— On est dans la merde, John ! s'exclama-t-il, tandis qu'à l'arrière Phil ne s'était toujours pas départi de son expression béate. Et que

Murray remballait sa quincaillerie dans le havresac. Tout en triturant sa carte d'état-major, Asher ajouta : « Si j'en crois ce bout de papier, après le virage, on va devoir traverser un pont qui enjambe le précipice. »

Rourke fronça les sourcils.

— Je ne crois pas qu'on ait le choix, Woody.

Asher approuva d'un hochement de tête.

— Espérons que le pont sera en bon état.

Asher brancha son talkie-walkie et s'adressa à tous les véhicules.

— Pour ceux qui l'ignoreraient encore, beugla-t-il (c'était sa manière de resserrer sa troupe autour de lui. Il frappait aux tripes. Et se débrouillait toujours pour leur esquinter les oreilles), on a un cyclone au cul ! Et contrairement aux apparences, on n'est pas à *Dysneyland.* Le précipice que vous voyez sur votre droite n'est pas un effet spécial. Ni du cinéma. Tout comme ces saloperies de rafales qui ne cherchent qu'à nous jeter dedans et à abréger notre existence.

Il monta d'un cran dans le ton.

« Aussi, les gars, va falloir ouvrir l'œil ! Devant nous, après ce virage, il y a un pont qu'on va devoir franchir. Alors si vous avez envie de dégueuler, faites-le tout de suite. Et ajoutez-y quelques prières.

Il y eut un bref silence, puis, la voix radoucie, Asher ajouta :

« Je compte sur vous les gars. »

Rourke passa en première et démarra. Les pneus de l'ambulance se farcirent un tapis de cailloux pendant quelques minutes, avant d'aborder le virage. Asher ne bougeait pas. Il regardait droit devant lui, figé comme une statue, les yeux gros comme des soucoupes. Puis le pont apparut. Il reposait sur trois arches hautes de cent mètres au moins, plantées dans le creux de l'étroit passage. Les murets qui couraient de chaque côté du pont étaient en partie démollis et les bourrasques de vent continuaient de lui ôter sa parure. Le pont avait une faible largeur. De loin, Rourke l'évaluait à quatre ou cinq mètres. Peut-être plus. En tout cas, il était étroit. Et si l'ambulance et le car devaient passer sans problèmes, ce serait différent pour les camions. Il allait falloir raboter les murets pour leur frayer un passage suffisant.

Le convoi arriva près du pont quelques minutes plus tard. Il s'immobilisa. L'ambulance était prête à passer.

Phil et Murray daignaient cette fois s'intéresser à ce qui se passait. Ils tendaient leur visage, au-dessus de ceux de Rourke et d'Asher, et découvraient, un peu effarés, ce corridor semé de pierres dans lequel ils allaient s'engager au risque d'être renversés dans le précipice au moindre caprice des vents. Phil sentit comme un énorme poids peser dans son estomac. Et des giclées d'adrénaline lui secouaient les reins. Il déglutit bruyamment. Regardant Murray, apparemment aussi accablé que lui.

— Les camions seront justes, balbutia Asher. Si au moins ce vent arrêtait de nous tanner le croupion !

— Va falloir faire avec, Woody. Et vite.

Rourke exécuta une manœuvre et se rangea contre la paroi rocheuse laissant ainsi la voie libre pour les camions.

— Qui conduit le premier ?

— Ray Bush. Vieille famille de Chicago, pleine aux as. Il a été agent fédéral du Trésor. C'est un brave type. Un fichu caractère, mais toujours prévenant et amical.

— Alors il a cinquante pour cent de chance de perdre son fichu caractère ! Dis-lui d'avancer... Avec toutes ses bombinettes.

Asher resta silencieux un instant puis il ordonna à Ray d'embrayer et d'ouvrir le chemin au convoi.

Bonne chance mon petit gars. Tout ira bien.

CHAPITRE VIII

Ray Bush se trouvait maintenant au milieu du pont. Il y était parvenu sans trop de peine jusqu'à présent. Quelques tas de pierre l'avaient retardé, ainsi que le vent, mais la chance semblait lui sourire.

C'est du moins ce que pensait Rourke jusqu'à ce qu'une roue arrière du camion, ripant sur le sol, ne dérape dans le vide. On entendit, en dépit des mugissements du vent, le hurlement du moteur. Ray essayait de faire revenir la roue sur le pont. Pour l'instant, sans résultat.

Asher s'empara brutalement du talkie-walkie.

— Fais attention, Ray ! Merde, ce camion est bourré d'explosifs !

— C'est Murphy, capitaine. On fait notre possible.

Murphy était le copilote. Il avait à peine vingt ans. Une voix très aiguë. Cette voix haut-perchée lui valait naturellement les sarcasmes de ses petits copains. Des plaisanteries pas toujours délicates mais rien de méchant.

— Alors, faites pas les cons ! s'écria Asher.

Il vit alors Ray ouvrir sa portière et rejoindre acrobatiquement le pont. Il contourna le camion. Tout son corps luttait contre la violence du vent. Il donnait l'impression de se battre contre des chimères.

— Qu'est-ce qu'il fout, bon sang ! s'étrangla Asher, éjectant ce machin ramolli qu'il suçotait imperturbablement. (Enfin jusqu'ici.) Ce con joue au héros !

Le visage d'Asher était écarlate. Ses mains s'abattirent sur le tableau de bord. Le panneau de la boîte à gants s'ouvrit brusquement.

— Manquait plus que ça... Ray Bush, Superman. Petit con, tu auras de mes nouvelles !

Pendant qu'Asher ruminait, Rourke suivait Ray. « Superman » s'était adossé contre le cul du camion tandis que visiblement Murphy s'était mis aux commandes. Il poussait avec son dos, essayant de remettre la roue sur la chaussée. Murphy accélérait. Synchrone. Mais, jusque-là, l'idée de Bush restait hypothétique. Et le camion n'avait pas résolu son handicap.

— Faut aller l'aider, commenta Rourke. Seul, il n'arrivera à rien.

Asher manqua de s'étrangler de nouveau.

— Mais c'est pas vrai, je suis entouré d'une bande de cons prétentieux. Ray n'a aucune chance. Et toi non plus. Le vent souffle à cent kilomètres heure et dans quelques minutes ce camion va disparaître dans le ravin. Et Ray avec, s'il n'arrête pas de faire ses conneries.

Rourke n'attendit pas la fin du sermon. Il ouvrit la portière et la referma péniblement.

Une bourrasque lui projeta dans les yeux une myriade de petits cristaux de poussière qui l'aveuglèrent un instant. Puis Rourke s'avança sur le pont. Tous ses muscles étaient noués, tendus, frappés par les coups violents du vent. Ceux-ci lui cinglaient la peau jusqu'au sang. Son pantalon lui moulait cuisses et jambes. L'étoffe était froide. Glacée. Rourke essaya de ne pas penser à la douleur. Il avait trouvé un rythme et progressait d'un pas régulier, le dos voûté, la tête rentrée entre les épaules, les yeux mi-clos. Ses bras se collaient le long de son corps. Recherchant ainsi une meilleure prise aérodynamique.

Il marcha quelques instants dans cette position avant d'arriver près du camion.

Avant que Rourke ne parvienne au centre du pont, Asher s'invectiva d'avoir eu raison. Son pressentiment ne l'avait pas trahi. Tandis que Rourke avançait, tête baissée, Ray Bush avait été emporté par le vent ; et projeté dans le vide, son corps avait filé comme une feuille d'arbre en automne. Et dû se briser, comme cristal, cent mètres plus bas. Asher avait poussé une suite sans fin d'obscénités. Tous les mots orduriers du *Webster* (1) y étaient passés.

Ce cyclone à la con est responsable de tout. Ray Bush, un de nos meilleurs éléments. Une mort si stupide. Et Rourke maintenant...

Quand Rourke leva les yeux, il s'aperçut alors qu'il était seul à l'arrière du camion. Il ne lui

(1) Equivalent britannique du Larousse français.

fallut que quelques secondes pour comprendre ce qui venait de se produire.

Murphy klaxonna. Rourke longea le camion, et monta dans la cabine. Il découvrit le jeune Murphy, les joues mâchurées de larmes. Ray Bush était son copain. Il faisait équipe. Et là, Murphy ressentait le même désarroi que le jour où il avait trouvé sa mère gisant sur le sol de la cuisine, la gorge tranchée, baignant dans son sang. Une bande de loubards, des *Hell's,* l'avait violée, puis tuée comme un cochon, la laissant dans sa mare d'hémoglobine, jupe troussée, jambes nues, un pied déchaussé. Murphy l'avait enterrée après avoir pris soin de lui redonner une apparence de dignité. Ensuite, il avait vagabondé des semaines et finalement rejoint la résistance texane.

Là, il sanglotait. La tête enfouie dans le volant, entre ses bras soudainement devenus amorphes.

Rourke sentait que s'il n'agissait pas immédiatement, le vent allait résoudre le problème à sa manière. Et il n'y aurait bientôt plus personne sur le pont. Plus de Murphy pour pleurer son copain Ray Bush, ni de Rourke pour achever cette mission qu'on lui avait confiée, en lui forçant un peu la main.

Il agrippa Murphy et l'installa sur le siège passager alors qu'il se mettait aux commandes. Le vent avait tourné et là il prenait le camion par le flanc gauche, le ramenant un peu vers la chaussée du pont. Il fallait profiter de ce coup de pouce du destin. Et *fissa !*

Rourke embraya, passa en première, fit vrombir le moteur, puis d'un coup lâcha la pédale d'embrayage. Le camion fut brusquement soulevé et remis sur ses quatre roues. Rourke accéléra. Et accomplit les derniers mètres l'amenant sur l'autre rive, en faisant entièrement le vide en lui. Il déboucha sur l'autre bord. Et pila brutalement.

Asher eut une réaction un peu enfantine en voyant Rourke réussir ce qu'il avait entrepris en dépit de ses braillements. Il poussa un petit « *Hourra* », se retourna vers Phil et Murray qu'il gratifia pour la première fois d'un sourire paternel, attendrissant.

— Il a réussi ! Il a réussi ! gueula-t-il.

Puis il prononça une phrase sans queue ni tête dans laquelle se noyèrent ensemble quelques mots obscènes et des remerciements incongrus adressés au « tout-puissant ».

Mais, déjà, Rourke l'appelait. Asher se jeta sur son talkie-walkie.

— Alors, Woody. Tu te les roules ou quoi ? Je te rappelle qu'on doit se rendre à Pachuca où nous envoie le président des Etats-Unis libres d'Amérique.

— Petit con, dit-il d'un ton empreint d'affection.

Rourke se demanda si le vocabulaire d'Asher n'était pas frappé d'atrophie. Il assaisonnait ce mot « con » à toutes les sauces. Aussi bien pour dire « je t'aime » que « je te hais ». C'était Asher, voilà tout.

Une trentaine de minutes plus tard, le pont

n'était plus qu'un souvenir lointain, que le convoi voulait oublier à jamais. En la mémoire d'un certain Ray Bush, de Chicago...

***

Le major Ylliachine regarda la pendulette murale qu'il avait fait installer au-dessus d'une armoire à classeurs métalliques. L'aiguille du cadran indiquait six heures du soir.

Le Russe était vêtu élégamment. Un costume d'étoffe légère, une chemisette blanche, au col toujours parfaitement boutonné, qu'il portait sans cravate, et des mocassins clairs en cuir souple. Ylliachine mesurait un mètre soixante-dix à peine ; il avait un peu d'embonpoint, des yeux gris perle, une chevelure clairsemée, une petite moustache et un bouc aux poils effilochés. L'allure typique du révolutionnaire des années trente. Très délicat dans ses manières, un peu emprunté.

Ylliachine avait servi jadis dans l'aviation, avant d'entrer au GRU, le service de renseignement de l'armée soviétique. Sa délicatesse apparente cachait en fait une cruauté absolue dès qu'il s'agissait des intérêts supérieurs de son pays. Il n'était pas homme à plaisanter sur le drapeau, la patrie, l'armée, dont il se considérait le très fidèle serviteur, un chien de garde féroce ayant banni en lui toute espèce de sentimentalisme. C'est à cet homme que l'état-major général avait confié la mission d'organiser le convoiement de gigantesques quantités de matériels stratégiques. Pendant des mois, il avait acheté aux trafiquants *latinos* tout ce qui présentait un intérêt précieux pour son pays. Et maintenant, il poliçait son œuvre à Pachuca où il attendait la livraison d'une centaine de missiles air-sol.

Un Mexicain, aux traits juvéniles, entra dans la pièce ; il portait un plateau comprenant une assiettée de maïs cuit et des morceaux de poule bouillie trempant dans une sauce pimentée. Dans sa main libre, il tenait une bouteille de téquila à moitié pleine, surmontée d'un petit verre tramé de fils dorés. Il posa l'ensemble sur une table en bois, se courba machinalement et ressortit sans avoir rien dit, au moment où un vieux bonhomme à la toux catarrheuse, s'appuyant sur une canne gourdin à pommeau d'argent, faisait irruption.

Ce vieil homme cacochyme n'était autre que celui qui avait fait exécuter Amilcar Cabral quelques semaines plus tôt, sur les bords du Rio de la Plata. Il paraissait soucieux.

Ylliachine était assis maintenant devant son assiette. Il buvait un peu de téquila. Qui sait pour se mettre en appétit.

— Nous avons reçu un message de La Havane, dit le vieillard en se laissant choir dans un fauteuil en osier. Les garde-côtes cubains ont intercepté un bâtiment américain au large de Tuxpan.

Le major souleva les yeux. Il tripota sa barbichette.

— Et puis ?

— Quelques salves d'échangées, puis l'Américain a réussi à s'enfuir.

— Ton idée ?

— L'incident s'est produit une heure avant que Mammon ne réceptionne les missiles air-sol.

Ylliachine avala un morceau de poule. En dépit de sérieuses mises en garde provenant de son toubib, il ne pouvait se résoudre à se priver de piment. Le médecin l'avait prévenu. Mais le major refusait l'idée de se soumettre à un régime. Ça ne collait pas avec l'idée qu'il se faisait de son rôle d'« avant-garde du prolétariat mondial ».

Il se lécha les babines. Se servit un autre verre de téquila.

— Mammon doit être en route. La marchandise lui a été livrée.

— Tuxpan ne répond plus.

Ylliachine secoua les épaules.

— C'est tout à fait normal. On nous a signalé une dépression. Un cyclone dans la région. Tous les habitants ont dû se cacher dans les montagnes.

— Mais que faisait ce bateau américain dans le golfe de Campêche ?

Le vieux catarrheux n'en démordait pas.

— Comment veux-tu qu'il ait été au courant du transport des missiles !

— J'en sais rien. Mais tout ça ne me plaît pas. Nous avons trente camions qui attendent ici. Cela représente des mois de travail. Et je ne veux pas que tout soit foutu en l'air au dernier moment, alors qu'on touche au but. Ce serait trop stupide.

— Ecoute, si les Américains savaient quoi que ce soit, ils se seraient manifestés depuis longtemps. Tu ne penses pas.

— Ils doivent forcément se douter de quelque chose. J'en suis convaincu.

Ce vieux con est en train de gâcher mon repas, pensa Ylliachine.

— Les missiles, dit-il d'une voix qui se voulait apaisante, nous seront livrés demain dans la matinée au plus tard. Les communications sont impossibles à cause du cyclone.

Le vieux catarrheux avait son idée.

— Envoie une équipe. Et mets Pachuca en état d'alerte.

La poule bouillie saucée de piment commençait à refroidir.

— Très bien. Je m'en occuperai dès que j'aurai mangé. Ça te va ?

L'autre se leva difficilement. Il s'aida de sa canne gourdin pour s'arracher du fauteuil trop bas, pour son âge et sa saloperie d'arthrite. Ylliachine le regarda sortir puis il soupira avant d'ingérer sa portion de poule.

Une heure plus tard, le major rejoignait un minuscule hôtel où l'équipe du sergent Toukatchov avait ses quartiers. Une pièce à l'étage servait d'armurerie. On y avait entreposé toutes les armes indispensables à l'efficacité d'un commando d'élite. Dans la chambre voisinant avec l'armurerie, Toukatchov était allongé sur son lit, la tête appuyée sur un oreiller sans taie, les mains à plat sous la nuque. Il fumait une cigarette, alangui, profitant encore de cet éphémère repos. Ylliachine l'avait fait avertir par son estafette personnelle de mettre son équipe en état d'alerte. Il viendrait le voir en début de soirée.

Le major grimpa lentement les marches du petit escalier, sentant posé sur lui le regard de la sentinelle qu'il avait dépassée une poignée de secondes plus tôt.

Il rajusta un peu son col de chemisette avant de frapper à la porte de Toukatchov. Puis il entra sans attendre d'y avoir été invité.

Toukatchov enfilait une veste brune. La pièce empestait le tabac. Ylliachine le nota. Son nez fourmilla. Puis le major s'approcha de la fenêtre. Celle-ci donnait dans une ruelle... Toukatchov serra son ceinturon comprenant deux étuis garnis de Tokarev.

Ylliachine commença à parler en s'installant sur le rebord du lit.

— Un convoi doit venir de Tuxpan. Et ce vieux Ligatchev a un pressentiment. J'ai l'impression qu'il pense que les Américains ont flairé quelque chose.

— Alors que fait-on major ?

— Vous prenez votre équipe et vous allez à la rencontre de Mammon.

— Et si Ligatchev a vu juste ?

— Dans ce cas, sergent, nous serons dans de sales draps.

Ylliachine se releva. Il se dirigea vers la porte et avant de sortir, sans se retourner, il reprocha

érard de Villiers
PRESENTE

L'AVENTURIER

Je fais main basse sur les diams' des Papous

PLON

PHILIP WHALE

L'AVENTURIER

Jack Malan arnaque les truands et les milliardaires.
Il leur prend leur argent et leurs femmes.

Le tonnerre des tambours de guerre était tout proche. L'Aventurie fit coucher tout son monde le long de la palissade. Les premier guerriers Kukukukus apparurent aussitôt à la lisière de la clairière brandissant leurs haches de pierre. Le visage peinturluré, le nez trans percé, ils poussaient des hurlements stridents. Les quatre porteur tremblaient, gris de terreur. Mais Malan annonça tranquillement :
— Ils vont grimper dans l'arbre et nous arroser de flèches. Le grosses branches les protégeront de nos balles.
— Mais alors, murmura Bob Lester, nous sommes foutus !

à Toukatchov de se polluer stupidement avec ses cigarettes. Le sergent hocha les épaules. Il maugréa entre ses dents qu'il ferait mieux de s'occuper de ses coronaires bouchées et de rempocher ses sermons !

Dans l'heure qui suivit, Toukatchov réunit son équipe. Il distribua à ses hommes armes et munitions, puis, le clope au bec, il les fit embarquer dans une camionnette.

Pachuca s'endormait. Et l'on sentait déjà approcher le cyclone repéré près de Tuxpan en début de journée.

Toukatchov se rencogna sur son siège au moment où sa camionnette sortait de la ville. Il ignorait encore ce que le destin avait décidé pour lui. Et il sombra dans le sommeil en toute innocence.

CHAPITRE IX

La mort de Ray Bush avait plongé Murphy dans une sorte de léthargie. Il semblait engourdi dans un cocon. Telle une chenille attendant sa métamorphose. Il avait le regard fixe? Et Rourke n'était pas encore parvenu à lui soutirer le moindre mot. Il était resté aux commandes du camion. C'était lui, maintenant, qui ouvrait le chemin au convoi.

Rourke imaginait facilement ce que le jeune Murphy devait éprouver. Après la mort de sa mère, l'armée l'avait accueilli, et Bush n'avait pas tardé, inconsciemment, à remplacer dans son esprit, l'être cher qu'il avait perdu. Et, là, le sort l'avait fait une seconde fois orphelin. Rourke n'insista pas. Et lorsque Asher l'appelait, il prenait lui-même le *talkie*.

A présent, le convoi roulait à vive allure. Le cyclone n'avait pas faibli, mais ils avaient réussi, temporairement, à le semer. L'épaisse couche de nuages noirâtres empêchait de discerner précisément si le soleil était en train de se coucher. Le jour et la nuit se fondaient ainsi en un seul élément. Rourke réfléchissait à cette situation lorsque Asher lui demanda de ralentir. Le capitaine avait décidé d'arrêter momentanément le convoi. Afin que les hommes puissent souffler un peu, et se dégourdir.

Dès que l'endroit lui parut favorable à cette pause, Rourke gara son camion. Il y avait, une centaine de mètres plus haut, un petit village, un hameau. La terre était poudreuse, floconneuse. Ocre et cendrée. Aucun ornement floral, une vulgaire végétation, appauvrie, depuis que les paysans du coin avaient cessé de la travailler. Des arbustes épineux florissaient çà et là, tendant leurs tiges pâles et jaunâtres, au gré du vent. Les flots ininterrompus d'un soleil de braise, avaient séché la sève, fait, peu à peu disparaître tout semblant de vie.

Rourke sortit du camion y laissant Murphy encore prostré. Il avait les jambes cotonneuses. Et ressentait au bout des orteils de désagréables picotements.

Derrière lui, l'ambulance se rangea, puis le camion et l'autocar.

En moins de deux, Asher déplia hors du véhicule sa grande silhouette. Il proféra quelques jurons. Puis se dirigea vers Rourke, en palpant machinalement le pétard qui pendait à sa hanche droite.

Que peut-il trouver de plaisant à téter cet ignoble clope, flasque et ramolli, à le masticoter comme un chewing-gum ?

Rourke le laissa venir à lui en prospectant du regard les environs.

— Comment va Murphy ? s'inquiéta Asher.

— Le gosse est encore sonné.

Asher eut une moue d'acquiescement.

— Ouais... Ils étaient très liés. Ray a tout de suite pigé qu'il fallait aider ce gosse. Il avait sacrément besoin d'amour. Il était seul.

Rourke pivota sur lui-même.

— Tu m'accompagnes, fit-il à Asher en montrant du doigt le petit hameau disposé à flanc de montagne.

Asher se contenta de hocher la tête. Et ils attaquèrent aussitôt le chemin au sol floconneux, mité de ces broussailles à l'aspect de zombies végétaux. Les deux hommes marchèrent côte à côte ; l'un fumant un cigarillo, l'autre suçotant un infame résidu de tabac mou.

Les baraques étaient faites en torchis. Un torchis un peu lépreux, que l'usure du vent et du soleil lézardait, fissurait, comme une peau brûlée se cloque avant de s'écailler comme une peinture érodée.

Rourke se munit d'une de ses Detonic pour entrer dans la première de ces bicoques. De la mauvaise herbe avait poussé sur la terre battue qui faisait, là, office de plancher. Des ustensiles de cuisine, très rares et très sales, rappelaient que des êtres humains avaient vécu ici. Tout comme une table de bois, pantelante sur trois pieds, qui s'était renversée contre un matelas souillé. Une odeur de moisi, âcre et piquante, flottait dans l'air. Un air moite et légèrement suffocant.

Rourke ne s'attarda pas. Il était évident que

cette baraque avait perdu ses locataires depuis belle lurette. Il ressortit. Asher avait pénétré dans une autre de ces habitations.

Dix secondes plus tard, il s'écria : « Par ici ! Rourke. Grouille, vite ! »

Rourke se mit à courir. Il rejoignit Asher et découvrit à son tour l'affreux spectacle. Six cadavres gisaient par terre. Pendant des semaines, ils avaient pourri dans cette bicoque, entassés les uns sur les autres, et là il n'en restait guère qu'un assemblage grotesque d'ossements. Il y avait six crânes. L'os était à chaque fois en partie brisé, comme si l'on s'était acharné dessus à coups de hâche ou de machette.

— On est arrivé trop tard, maugréa Asher. Ces pauvres diables ont dû en baver avant de clamser.

— Je me demande qui a bien pu faire ça. Et pourquoi ?

— Tous les Mexicains sont des cinglés. Ils pensent et ils respirent avec leurs couilles. Elles leur servent de cervelle.

Asher jeta un dernier regard sur le charnier et s'apprêtait à sortir lorsqu'ils entendirent un craquement sonore, sec, venant de l'autre pièce. Il ne faisait aucun doute que quelqu'un s'y planquait.

Rourke enjamba un squelette. Asher le couvrait. Il avait immédiatement dégainé sa pétoire. Sans pour autant cesser de mâchonner son ignoble clope.

La pièce du fond était plongée dans le noir. Rourke respira lentement avant d'y pénétrer, soudain, serrant la crosse du Detonic des deux mains, brandissant l'arme devant lui, prêt à tirer dès qu'il aurait identifié sa cible.

Il aperçut, lové par terre, un corps d'enfant au regard terrifié. Un garçonnet tout tremblant, frissonnant de peur. On pouvait lire dans ses yeux les images du massacre qui s'était déroulé dans cette baraque.

Asher le découvrit à son tour, au moment où Rourke s'accroupissait près du gosse. Celui-ci lui souleva la tête. Le garçonnet n'avait plus que la peau sur les os, et sa peau était craquelée ; elle avait vieilli prématurément. Deux balafres ornaient sa joue droite. Les deux versants de la plaie n'avaient pu se rejoindre. Rourke comprit que son Detonic ne lui serait d'aucune utilité. Il le rangea dans son holster et prit l'enfant dans ses bras. Il sentit tous ses os, saillants, un chapelet de côtes, un ventre creux qui devait se nourrir de racines et d'insectes. Le gosse dégageait une odeur répugnante. L'eau devait être trop précieuse pour qu'on la gâche en toilettage devenu dans ces circonstances, superflu.

Tandis que Rourke descendait précautionneusement l'enfant jusqu'au camion, Asher visita les baraques restantes ; il n'y trouva pas d'autres cadavres, et retourna à son tour sur la route.

L'apparition de ce gosse aussi rabougri que la végétation qui l'entourait, eut sur Murphy l'effet d'un électrochoc. Elle l'extirpa de son état de torpeur, de sa proche catalepsie, et le remit sur pied.

Asher faillit exploser en voyant tous ses

commandos rassemblés autour du gamin tel un essaim de mères poules. Il décima les curieux en les couvrant d'aboiements. Un opéra de coups de gueule assourdissants. Il sonna les cloches au sergent Mallory qui avait fait montre selon lui d'une coupable permissivité en laissant ses hommes abandonner leur poste. Il rappela qu'ils étaient en territoire ennemi, en mission pour les Etats-Unis d'Amérique ! Phil et Murray qui s'étaient mis à rigoler en voyant gigoter leur chef furent promptement remis à leur place.

Puis Asher s'agenouilla près du garçonnet que Murphy faisait boire à sa gourde, en lui caressant le front.

— Ce gosse est complètement anémié, observa Rourke. On ne peut pas le laisser ici.

Asher grommela. Evidemment, il n'abandonnerait pas ce marmot ici même si les Russes leur tombaient sur le dos avec toute leur artillerie !

— On va l'emmener avec nous, annonça-t-il comme si quelqu'un avait pu supposer le contraire.

— Capitaine !

Asher se retourna, jetant sur le caporal Vargas un œil torve.

— Qu'est-ce qu'il y a encore ?

— Geoffrey a repéré deux véhicules descendant de la montagne.

— Il ne manquait plus que ça !

— Faut planquer les camions, fit Rourke. Toi, Murphy, amène ce gosse dans l'ambulance. Et envoie-moi Phil et Murray.

Asher essayait de localiser ces véhicules avec les jumelles de Vargas.

Pendant ce temps, Mallory déployait ses hommes. Les tireurs d'élite avaient pris position sur le flanc montagneux, se dissimulant derrière de bien providentiels escarpements. Deux bazookas empêcheraient ces opportuns de dépasser le convoi. S'ils tentaient un passage en force, Tony et Bosco les réduiraient en miettes. Le bazooka étant leur arme fétiche. C'était une idée d'Asher d'avoir dans son unité des spécialistes. On n'a jamais vu trente-six cabots se précipitant pour déblatérer les répliques de Hamlet. Comme au théâtre, disait Asher, chacun doit avoir son rôle. Et s'y tenir.

Une fois les camions planqués, il ne restait plus que l'ambulance et le car. Les deux véhicules suspects approchaient. On distinguait à l'arrière une bande de fêlés agitant au-dessus d'eux des armes. Asher était convaincu qu'ils étaient saouls. Et devaient former une de ces bandes de pillards vivant de rapines, et opérant à coups de machette dès qu'il s'agissait de parfaire l'ouvrage. Une fioriture en quelque sorte.

Rourke partageait son opinion. Une bande itinérante, assoiffée de sang et de larcins. Troupeau d'imbéciles et de crétins, aux faciès avinés, à l'haleine fétide.

La bande déboulerait dans un instant. Phil et Murray se terraient dans un petit ravin. Phil caressait son arme antichar. Murray emboîtait un chargeur neuf dans son M.16.

Seuls Rourke et Asher étaient bien visibles au bord de la route. Ils entendirent distinctement un mélange de rires, de beuglements musicaux, sur fond de ronflement de moteur. Puis les véhicules débouchèrent. Ils sortaient d'un virage.

— Ça va être leur fête, murmura Asher.

Rourke ne dit rien. Il avait ôté ses holsters et glissé ses deux Detonic dans le dos, à l'intérieur de son pantalon. Il sentait leur canon froid sur sa peau.

Les camions ralentirent en les voyant. Et se laissèrent glisser jusqu'à leur niveau, moteur coupé. Ils pilèrent soudainement. Et la bande vociférante cessa de glousser. On entendit un cliquetis d'armes. Et en une seconde, Asher et Rourke furent pris à l'intérieur d'un faisceau de fusils braqués sur eux.

Un gros Mexicain descendit. Il avait le poitrail à l'air, un large chapeau de paille couché sur sa nuque. Et bien sûr, un énorme soufflant à la main. Le type titubait. Il marchait de guingois, dodelinant de la tête. Asher avait raison : il était complètement cuit. Saoul comme une ganache. Ses grosses joues poilues remuaient, comme deux fesses molles.

— *Americanos ?*

Soûl, mais encore physionomiste pensa Rourke.

— Et toi *hiro de puta !* gueula Asher en défiant le Mexicain avec son clope gorgé de salive.

Le Mexicain hoqueta. Puis il s'adressa à ses

hommes qui vidèrent aussitôt l'arrière de leurs camions délabrés.

— Tu parles comme *un loco !* Americano.

— Espèce de trou du cul ! s'écria Asher, tu crois pas que tu m'impressionnes.

Rourke se demanda si Chambers n'avait pas finalement raison au sujet d'Asher. Ce type était complètement fou !

CHAPITRE X

L'œil du Mexicain, cerné de poils, tressauta dans son orbite. L'arrogance du Yankee avait quelque chose de suspect. Personne de sensé, ne menaçait ainsi les gens s'il n'y avait un piège dissimulé. Le Mexicain essayait de percer le secret de ce défi. En fait, il cherchait le canon d'un fusil braqué sur sa tête. Et qui ferait feu par surprise dès que l'Américain le déciderait. La tequila qui coulait dans son sang ne lui avait pas ôté toute sa lucidité ; à moins que son instinct de survie eût annihilé momentanément les effets de l'alcool.

Rourke s'étonnait que le Mexicain ne soit, là, qu'une sorte de pantin partagé entre son envie de zigouiller l'auteur de l'affront qu'il avait essuyé devant ses hommes, et le désir obscur de ne pas céder à une humeur volatile qui l'aurait expédié six pieds sous terre !

Asher, lui, mâchonnait de plus en plus nerveusement son clope. Et ce silence — qui ne dura en réalité que quelques secondes — commençait à lui tricoter les méninges. Il n'allait pas passer la nuit à regarder dans les yeux ce chef de bande minable, puant la tequila, à la face congestionnée qui ne parvenait pas à prendre une décision.

Il sortit de sa bouche son clope visqueux et l'expédia en plein dans la face du Mexicain. La chose ruisselante de bave souilla le faciès incrédule. Là, se dit le Mexicain, le Yankee dépassait les bornes. Il ne pouvait se laisser offenser davantage. Son doigt enveloppa la détente de son calibre. Et il s'apprêtait à tirer lorsque Phil appuya sur la mise à feu de son arme antichar. La roquette frappa le Mexicain en pleine tête. Celle-ci se décrocha de son pivot vertébral, s'effilocha comme une vieille pelote de laine. Des morceaux de chair sanguinolents se dispersèrent tout autour. Le Mexicain était décapité. Il chancela une seconde — ou deux — puis son corps s'effondra sur le sol. Le choc terrible de l'explosion avait fait éclater sa citrouille et répandu une pluie de sang sur un rayon de trois mètres. Asher en avait reçu sa part. Le sang du Mexicain lui barbouillait le visage. Le capitaine en conçut à son tour comme un affront. Sentiment paradoxal qui seyait parfaitement à sa personnalité insaisissable.

Asher avait dégainé son flingue. Rourke l'agrippa par l'épaule et le jeta à couvert. Ils se tenaient derrière l'aile avant droite de l'ambulance. Tony et Bosco avaient tiré. Leurs bazookas réduirent les deux camions en morceaux. Les Mexicains, ahuris, encore sous le coup de la décapitation de leur chef, ne réagissaient pas vraiment. Ils tiraient à la sauvette. Au jugé. Du moins ceux que l'explosion des camions n'avaient pas écharpés. Déjà, une dizaine de Mexicains baignaient dans leur jus. L'un d'eux avait pris feu. Il courait sur la route comme un dément essayant d'échapper à une possession démoniaque. Hurlant, pleurnichant, tentant d'arracher ses vêtements en flammes.

Murray le vit passer devant lui. Il faillit l'arroser avec son PM mais l'idée qu'il abrégerait ainsi ses souffrances l'empêcha de tirer. Un peu hypocritement, Murray pensait qu'il n'avait pas le droit d'interférer dans les affaires de Dieu. Si Jésus avait ressuscité Lazare ; lui, Murray, en serait bien incapable. Sans doute, avait-il été décidé que ce Mexicain périrait de la sorte, en une affreuse agonie, on ne pouvait donc aller à l'encontre du destin.

Murray laissa donc filer devant lui l'homme transformé en torche. Le type vociférait des cris d'épouvante. Les flammes léchaient son corps, le gobaient peu à peu ; elles formaient autour de lui une sorte de gangue flamboyante, rougeoyante, qui éclairait la nuit naissante.

Le corps en fusion se traîna quelques mètres encore sur ses jambes puis il s'écroula sur l'asphalte. Il acheva de se consumer en silence. Le type était mort à présent. Le destin, comme disait Murray, avait fait son œuvre.

Après un bref moment de flottement, les Mexicains se déchaînèrent sur ces assaillants invisibles. Et offrant d'excellentes cibles aux commandos d'Asher, ils ne tardèrent pas à être décimés.

Tony en bousilla trois d'un coup avec son bazooka. La grenade les déchiqueta. Une paire de jambes s'éleva en l'air avant de retomber grotesquement sur le sol. D'autres morceaux de cadavres mutilés s'égaillèrent de la sorte.

Asher avait quitté sa planque. Il se tenait au milieu de la bagarre, observant avec plaisir que ses hommes se débrouillaient parfaitement bien. L'unité récitait en chœur sa leçon. Une leçon que Rourke imaginait être celle du nettoyage par le vide. Il se leva à son tour et se planta au milieu de la chaussée. Il jeta un coup d'œil sur le corps du Mexicain que Phil avait décapité. Il aperçut à l'endroit de la séparation les ultimes palpitations ; le sang achevait de se répandre. Comme un minuscule geyser faisant clapoter des bulles rougeâtres. Rourke détourna son regard. Non par sensiblerie mais parce qu'il jugeait qu'Asher utilisait des moyens trop radicaux à son goût. Ses commandos semblaient finasser dans l'horreur, et s'en délecter. Tout était disproportionné chez eux, dans leur comportement. Il avait vu un des types d'Asher s'appliquer à viser les yeux de ses victimes. Et le pire, c'est qu'il avait chaque fois atteint son but. Tout ça ne plaisait pas à Rourke. Et il ne se gênerait pas pour en faire l'observation à Asher le moment venu.

Là, Mallory vérifiait que les cadavres étaient bien des morts. Au moindre doute, il logeait une balle dans la tête du type. Puis derrière lui deux jeunes commandos, aux visages peinturlurés, nettoyaient la chaussée. Décidément, pensa Rourke, le sergent Mallory était un maniaque de la propreté. Depuis Tuxpan, il avait vu avec quel soin il dégageait le terrain après l'action. Par souci de netteté, peut-être. Qui sait ?

En quelques minutes, la route présenta un aspect paisible. Comme si rien ne s'était passé. Les carcasses fumantes des camions avaient filé dans le ravin, les corps avaient suivi, et les armes récupérées étaient soigneusement engrangées dans le car. Comme à l'entraînement. Murray s'était occupé personnellement du corps recuit, ratatiné, qu'il avait vu se débiner devant lui comme un feu follet.

Asher fit complimenter ses hommes. Puis il retourna dans l'ambulance prendre des nouvelles du garçonnet. Le môme paraissait moins hébété. Son visage émacié se détendait. Mais les deux grosses soucoupes, bordant son petit museau redressé en trompette, restaient encore vitreuses. Le gosse arborait un regard de zombie. Il fallait se concentrer durablement sur ses minuscules prunelles atrophiées pour y déceler quand même la trace d'une flammèche vitale.

Murphy se tenait à son chevet. Il s'était immédiatement attaché à l'enfant. Sachant très bien ce qu'il devait ressentir en dépit de son état de prostration. Une sorte d'élan naturel le poussait vers ce mioche. En fait, il revivait avec lui l'horreur qu'il avait connu… Sa mère, affreusement étendue dans la cuisine, le visage collé à son sang qui commençait à noircir… Murphy agissait un peu égoïstement. Il le savait. Mais si ce gosse pouvait lui faire du bien, en retour l'attention qu'il lui portait ne pouvait lui être nuisible.

— Alors, comment va-t-on ici ?

Asher avait parlé d'une voix presque lyrique.

— Ça ira. Ça ira, capitaine, répéta Murphy.

Sans doute pensait-il autant à lui qu'au gosse.

Puis Asher fouilla dans les poches de son treillis et y trouva un bout de chique, qu'il se fourra dans la bouche. Il contempla, assis, le ciel vallonné de nuages gonflés, modelés, ballottés, par les vents. Tout en salivant, il regarda ce ciel d'encre, ténébreux, comme au *drive in,* en simple spectateur curieux.

C'est dans cette posture de douce rêverie que Rourke le trouva en se posant sur le siège conducteur.

— Ecoute, Woody, dit-il aussitôt, l'air renfrogné, je n'aime pas ta manière de régler les affaires. Tes gars y mettent trop d'ardeur. Tuer n'est pas un plaisir, et j'ai l'impression que tes commandos le croient.

— Tous ces Mexicains, c'est que de la merde ! Et la merde ça s'écrase. Ça pue. C'est dégueulasse. Tu voulais peut-être qu'on leur dore le fion avant de les buter. Qu'on les dorlote. Et qu'on les lange après les avoir déculottés.

Le ton d'Asher exaspérait Rourke.

— Pas ce ton avec moi. Tu peux dégoiser toutes les conneries que tu voudras, ça ne m'épatera pas. Les gens qui parlent avec leurs couilles — comme « ces Mexicains de merde » comme tu dis — ces gens-là, je m'en cire ce que tu sais.

Ça tournait à l'aigre.

— Et je te rappelle que c'est moi qui commande.

La fatigue accumulée de ces derniers jours apparut soudainement sur le visage étiré d'Asher. Comme s'il avait vieilli d'un coup.

— Dorénavant, on fera à ma manière.

Asher était blafard. Son visage blêmissait, pâlissait, inexorablement.

Au même instant, Phil et Murray réintégrèrent l'arrière de l'ambulance où Murphy s'était pelotonné contre son mioche. Dès qu'ils entrèrent dans l'habitacle, Rourke se retourna vers Murray. Murray souriait. Il semblait aussi détendu que s'il avait bandé des heures d'affilée. Rourke le cueillit d'un regard sombre.

— Eh! Murray, l'aspostropha-t-il. La prochaine fois que je te vois agir comme tout à l'heure, je te fourre ta sale caboche de pruneaux.

Murray prit l'air de celui qui ne comprenait pas.

— Tâche de te souvenir, petit trou du cul. Moi je n'oublierai pas la promesse que je viens de te faire.

— Mais pour qui te... commença Murray.

— Ta gueule, aboya Asher. Ferme-là!

Murray se renfrogna. Il se cala bien contre la paroi de l'ambulance et se mit à ruminer en silence.

— On a perdu beaucoup de temps, enchaîna

Rourke, avec ta pause pipi. Faut se dépêcher maintenant d'arriver à Puchaca. Car c'est pour ça qu'on est là !

Encore le talkie-walkie. Asher morigéna Mallory. Il lui reprocha de leur faire perdre du temps, et exigea que tout le monde soit prêt à partir dans moins d'une minute. Il ponctua sa phrase par « c'est pigé connard ! » puis se renferma sur lui-même ; passant sur sa chique sa mauvaise humeur.

CHAPITRE XI

Toukatchov était cramoisi. La camionnette venait de tomber en panne, sur la route de Monterrey, à cinquante kilomètres au nord de Pachuca. Il hurlait, gueulait sur le chauffeur. Celui-ci avait ouvert le capot de la camionnette, et auscultait la boîte de vitesses. Il suait de grosses perles de transpiration aux forts relents ammoniaqués. Lorsque Toukatchov poussait ses gueulantes, il lui arrivait parfois de se laisser déborder. Et il s'emportait jusqu'à se ruer sur le fautif, qu'il rossait avec ses grosses paluches, aux doigts épais et spatulés.

Le sergent était un sanguin. Un excellent soldat, mais une brute sous peau, capable d'infliger de si sévères corrections à ses subalternes qu'on prétendait même qu'il en avait déjà tué un dans un excès de fureur. Son dossier militaire était ainsi jalonné de ces petits détraquements qui font qu'une carrière subit des hauts et des bas, et qu'on en vient vite à renoncer à briller. L'ambition connaît alors un sacré ressac ; et l'on finit par se contenter de son grade, aussi bas soit-il.

Telle avait été, grossièrement résumée, la carrière militaire du sergent Toukatchov. Là, il continuait de vitupérer contre le mécano. Balançant de violents coups de godasse contre la carlingue de la camionnette.

— Ça vient, sergent, ça vient.

Les yeux du mécano se brouillaient de trouille.

— T'as intérêt, sale enfoiré ! Sinon je te désosserai, morceau par morceau, pour que tu en biles longtemps.

A l'endroit où la camionnette avait flanché, il y avait une sorte de cantina, un bâtiment blanchi à la chaux, formant un genre de rectangle. Une végétation fibreuse, morne, jaunâtre, l'entourait en une sale pagaille. Le bouge, car cette cantina faisait aussi bordel, était bruissant de piaillements, de cris obscènes, de beuglements d'ivrognes. Un vieux phonographe déversait un flot de musiques folkloriques entremêlé de claquements de mains.

Afin de tromper son ennui, le sergent décida d'y jeter un coup d'œil. Il n'aimait pas les Mexicains et évitait de fréquenter ces bazars où un couteau se loge aussi rapidement entre vos omoplates qu'un blizzard sibérien éteint une allumette.

Toukatchov entra dans la cantina et se dirigea immédiatement vers le bar. Son visage grimaçait de colère. Et ses prunelles anthracite glacèrent le sang du serveur.

— Tequila, fit-il en appuyant son dos au bar et se tournant vers la salle. Deux grosses femelles à la peau olivâtre gloussaient en passant de bras en bras, le corps dénudé au niveau du nombril. Deux énormes poitrines flasques s'effilochaient avec l'usure du temps. Toukatchov se rinça l'œil. Ce genre de grognasses l'avait toujours attiré. Il se délectait de ces ventres mous, exorbités, imprégnés de ces flagrances qui vous retournent le cœur. Odeur un peu fielleuse, âcre, qui rappelle celle des bestiaux.

A l'aveuglette, le sergent attrapa le verre de téquila que le serveur avait promptement posé devant lui avant de s'éloigner tout aussi rapidement. Il l'avala cul sec. L'alcool râpeux lui grilla l'œsophage. Toukatchov n'en laissa rien paraître, d'autant que son attention se cristallisait sur les deux grognasses, glougloutantes, aux jambes cloquées de varices. Il n'avait plus qu'une seule envie, prendre une des filles et lui dégrossir le con à grandes volées. Dès que cette idée se fut formée dans son esprit, il se dirigea vers la table où les grognasses gigotaient ; il en prit une par le poignet, la souleva. Elle se mit à rire, à grands éclats, puis il la charria vers l'arrière-boutique, où se trouvaient, dissimulées derrière un rideau coulissant, les chambres de luxure.

Il entra dans la première. La rombière se mit à vagir. Elle entortilla sa langue un peu saliveuse entre ses deux rangées de dents ; elle l'aguichait, remonta sa jupe crasseuse et froufroutante jusqu'à l'extrémité de ses cuisses. Toukatchov la regardait. Il avait une énorme bosse entre les jambes. La fille se laissa tomber en arrière sur une sorte de paillasse marbrée de foutre, grouillante de vermine, de poux et de morpions. La pièce était tout aussi répugnante. Mais le sergent s'en tapait. La seule chose qui comptait à ses yeux, c'était de baisser son froc, et d'enfiler la grognasse au fumet renversant. Elle dégageait une odeur pareille à celle d'une chair gangrenée. D'autres que Toukatchov auraient déjà mis les bouts ; mais lui au contraire ne voyait là que volupté, délice, le moyen de vider ses couilles dans le réceptacle idoine.

Alors que la fille, à plat dos sur le lit, se trémoussait, en tortillant du cul, il déboutonna sa braguette avec ses gros doigts spatulés. Son sexe sortit comme un diable à ressort de sa boîte. Le sergent pavoisait comme un mulet. Les yeux écarquillés, la fille écartait les cuisses. Elle ne cessait de glousser. Sa motte était parsemée de poils blanchis qui lui donnaient un air grisonnant. La peau de son sexe était violacée. Comme une chair nécrosée. Le sergent plia le dos, appuyant ses rotules sur le rebord du lit, puis il agrippa les jambes de la fille. Il se mit à les palper maladroitement avec ses mains mal dégauchies. Ses grosses paluches d'assassin. Il se cramponna à la chair, claquetant des paupières. Il sentait son cœur battre à cent à l'heure. Sa verge ne cessait de grossir. Et la fille commentait cette enflure en babillant des lèvres. Elle roucoulait. Puis les doigts de Toukatchov se plaquèrent sur son sexe, dégageant les chairs collées, puis d'un coup, le sergent y approcha le sien en le guidant d'une main.

Il s'enfonça dans la fille. Son gland se décalotta d'un coup. Puis il soupira en tortillant sa queue dans cette mélasse. La grognasse était sacrément juteuse. Genre « fontaine ». Et la garce, songea Toukatchov en un bref interlude de lucidité, doit prendre son pied à chaque fois ! Là, elle remuait sous lui. Ses hanches monumentalement grassouillettes avaient malgré tout une texture soyeuse. Elles étaient larges, et leur peau se craquelait çà et là, de plaques de cellulite. Toukatchov commençait à la limer furieusement. Il n'était pas homme à laisser courir son désir. Celui-ci succédait à l'envie et s'achevait aussi brièvement que possible en dégorgeant son foutre visqueux et poisseux.

Tandis qu'il la pilonnait avec son pavois monstrueux, il crut saisir dans les paroles de la fille comme un compliment. Mais Toukatchov se souciait comme d'une guigne que cette grognasse éprouve ou non du plaisir. Et que la taille de son instrument passe à la postérité. Il n'avait pas ce genre de vanité, ni de compassion pour les femmes frigides. Et mal baisées. Il continua à la marteler. La fille mouillait tellement qu'il crut un instant qu'elle lui avait pissé dessus. Qu'elle l'ait fait ou non, ça n'avait aucune importance. Elle aurait pu chier dans sa couche, le sergent n'y aurait rien trouvé à redire. Ce sont des choses qui arrivent. Cette idée lui trotta un instant dans la tête puis il s'aplatit de tout son poids sur la grognasse, accentuant la cognée, et lui mâchurant la bouille de salive. L'haleine de la Mexicaine lui reflua dans les naseaux, immonde, fétide ; odeur de vomissure, de tafia. La fille se mit à lui laper la poire. Elle chercha même à lui téter le lobe de l'oreille mais échoua dans sa tentative. Le sergent s'était arc-bouté. Il allait bientôt jouir. Evacuer toute cette semence, ce trop-plein, juteux et blanchâtre.

Son visage se distordit. Entrelacs de grimaces hideuses et grotesques. Dès qu'il sentit le foutre lui titiller le gland, il frappa la grognasse. Il lui gifla le visage avec ses grosses pattes carrées à la peau rugueuse. La fille poussa un cri. Un peu de sang gicla de ses lèvres. Elle fut aspergée de sperme. Et crut un instant que le déferlement ne s'interromprait jamais. Sa pensée s'échoua au moment où Toukatchov lui cogna le visage, cette fois le poing fermé. Elle vit une myriade de scintillements papillonner au-dessus de sa tête. Puis elle s'évanouit. Quand elle rouvrit les yeux, quelques secondes plus tard, le sergent Toukatchov s'apprêtait à quitter la chambre. Elle le traita de « salaud », d' « ordure ». Ses yeux lançaient comme des banderilles. Elle réclama son dû. Une tablette de chocolat, du chewing-gum, une paire de bas de soie. Elle ne voulait pas avoir morflé pour des clopinettes. Mais Toukatchov n'avait rien d'un « père Noël ». Et encore moins le genre bienfaiteur. Il lui torcha le visage d'un regard haineux. Puis il sortit.

Dans la grande salle de la cantina, on semblait ne pas avoir raté une seconde des ébats qui avaient eu lieu dans la chambre. Il y régnait un silence tendu. On avait entendu, et continuait d'entendre, la fille exiger sa paye. Toukatchov comprit que son « cinq à sept » allait finir en eau de boudin. Il palpa la crosse de ses Tokarev. Visiblement en guise d'avertissement. Puis il demanda au serveur une tequila. Et sur un ton qui dénotait un caractère mal embouché. Le type s'exécuta, et le sergent avala cul sec, toujours, le verre d'alcool. C'est alors que la grognasse réapparut. Elle bavait du sang. Et un gros hématome se formait sur son œil droit. Le Russe l'avait dérouillée. Et elle invita ses compagnons à la venger. L'un d'eux, plus téméraire, et plus stupide que les autres, se leva brusquement en renversant sa chaise, une machette au bout d'un bras. Il se jeta sur Toukatchov. Le sergent l'évita, le fit basculer et l'envoya valser sur les tables. Puis il dégaina un de ses soufflants. Et l'air contrit, il abattit le Mexicain. La balle lui fila entre les deux yeux ne laissant derrière elle qu'un cratère brunâtre et fumant. Toukatchov balaya l'assistance du regard. Ses yeux pétillaient d'une lueur malsaine. Une étrange odeur commença alors à planer dans la cantina... une drôle d'odeur. En fait, celle de la mort.

CHAPITRE XII

Le convoi récupéra enfin la route nationale. La mécanique avait été mise à rude épreuve ces derniers kilomètres. La sierra offrait ses flancs escarpés, ses pentes raides, ses chemins étroits, que les affaissements de pierraille rendaient extrêmement périlleux.

A droite, c'était la ville de Monterrey. A gauche, celle de Pachuca où Rourke et les commandos d'Asher devaient s'emparer des trésors accumulés par les Russes pour les emporter ensuite à Tampico. Là, une flotte les embarquerait tous et les ramènerait au pays. Tel était, en théorie, le plan échafaudé par l'état-major de Chambers. Rourke savait — et ce qui s'était déjà passé ne pouvait le faire mentir — que le plan connaîtrait certaines avanies. Jamais aucun plan, aussi génial fût-il, ne réussit parfaitement. Il y a toujours l'imprévisible. Et les hommes avec leurs défaillances naturelles.

Le convoi s'engagea sur la route de Pachuca. D'énormes nuages noirs pansus galopaient dans le ciel. Le cyclone semblait avoir fait une boucle vers le nord. Ce qui ne signifiait pas qu'il ne reviendrait pas sur ses pas, vers le sud, après avoir semé la désolation derrière lui.

Personne ne pipait mot dans l'ambulance. L'atmosphère était plutôt fraîche. Asher s'était tassé sur son siège. Et roupillait. A l'arrière, Phil avait retrouvé son expression béate. Il rêvassait les yeux grands ouverts, les jambes étalées devant lui. Murray jetait par moments un regard d'encre sur la nuque de Rourke. La manière dont celui-ci l'avait rabroué, et menacé, semblait avoir éveillé en lui de bien sombres desseins. Murphy dorlotait toujours le jeune Mexicain qui donnait l'impression d'émerger un peu de son cauchemar. Les ratés du moteur rompaient un peu la monotonie. Ils apportaient une espèce d'ambiance métallique, une sorte de musique vibrante qui vrillait parfois le conduit auditif. Mais c'était mieux qu'un silence pesant, absolu.

Rourke conduisait. Et voyait de temps à autre les yeux haineux de Murray projeter sur lui leurs faisceaux de haine. Rourke n'avait pas parlé en l'air et les mauvaises intentions de Murray l'indifféraient complètement.

Dès qu'il aperçut le premier panonceau indiquant la ville de Pachuca, il réveilla Asher. Celui-ci ronchonna, puis se redressa sur son siège. Il avait la langue pâteuse, et le dos fourbu. Il cligna des yeux. On ne voyait sur la route que les pinceaux lumineux des phares.

— Pachuca, soixante kilomètres, observa Rourke. Il va falloir s'arrêter un instant pour étudier le plan de la ville. On doit prendre des mesures défensives au cas où notre arrivée ne serait pas une surprise complète.

Asher hocha la tête. Il ouvrit la boîte à gants et en sortit le dossier qu'on leur avait refilé à Green-House Creek. Puis il annonça par talkie-walkie au convoi qu'ils allaient stopper. Rourke avisa une aire de stationnement et s'y engagea lentement, vérifiant dans son rétroviseur latéral que le reste du convoi le suivait. Il se gara. Et coupa le moteur.

Il alluma les petites veilleuses à l'intérieur de l'ambulance. Asher avait déplié sur ses genoux le plan de la ville. L'aide de camp du vice-amiral Barrington, le commandant Williams, y avait ajouté des sortes de croix indiquant les endroits où l'on supposait que les Russes avaient déployé des forces. Il y avait un repère cerclé de rouge à l'emplacement de la grande gare routière de Pachuca. De vastes entrepôts l'entouraient, et l'état-major en avait conclu que les camions devaient s'y trouver. Pendant qu'Asher examinait la cartographie de la ville, Rourke lut une note rédigée par les services de Morrisson. Elle disait exactement ceci :

« *Nos agents rapportent que deux groupes rivaux se partagent les activités de trafic de contrebande dans la ville. Le premier est dirigé par un certain Camillo Torrès. Cet homme a été mêlé avant les événements au trafic de drogue. Bien que faisant l'objet de plusieurs mandats d'arrêt, nationaux et internationaux — le FBI et le Narcotic Bureau ont eu affaire à lui — Torrès a toujours réussi à échapper à la justice. Il bénéficiait, alors, d'un réseau d'amitiés s'étendant dans tous les milieux officiels, et même gouvernementaux. Torrès est également soupçonné d'avoir eu des liens avec la Cosa Nostra américaine. Le FBI l'a toujours tenu comme responsable de l'assassinat du sénateur Galloway, qui dirigeait une commission d'enquête sénatoriale destinée à pourchasser le crime organisé, et les trafiquants de drogue. Une démarche expresse du Département d'Etat auprès du gouvernement mexicain d'alors n'a pu aboutir à l'interrogatoire de Torrès par des équipes d'enquêteurs du sénateur. Aujourd'hui, Torrès a la haute main sur une centaine d'hommes armés, tous essentiellement d'anciens truands libérés après les « événements ». Ses liens avec les groupes paramilitaires argentins et boliviens lui ont permis d'établir les contacts nécessaires à l'achat de certains matériels destinés à l'état-major général soviétique. Torrès vit dans une sorte de palais, fortement gardé, dans le centre de Pachuca, non loin du « bureau » du major Ylliachine, qu'il rencontre quotidiennement.*

L'autre groupe, moins puissant, est celui du docteur Amado Almirez ancien gynécologue, radié par son ordre après qu'il fut poursuivi et condamné pour corruption de fonctionnaires et trafic d'influences. Almirez et Torrès sont d'irréductibles ennemis. (On croit savoir que la femme de Torrès a été la maîtresse d'Almirez.)

Rourke leva les yeux, songeur. Cette inimitié entre ces deux caïds de la pègre mexicaine pourrait leur être utile. Il ne comprenait pas pourquoi Morrisson n'avait pas déjà essayé d'en tirer profit. Il acheva la lecture de la note.

Almirez vit protégé par une troupe de cinquante anciens chulos, *d'anciens membres de l'armée régulière. L'homme est très soupçonneux. Il a rejeté les offres que nos agents lui ont faites à maintes reprises. Il a toujours considéré nos démarches comme des pièges derrière lesquels se trouverait Torrès. Il entretient des rapports courtois avec Ylliachine. Après les événements, Almirez a tenté d'investir dans l'industrie caféière abandonnée par nos compagnies nationales en raison du cataclysme nucléaire. La place était libre, vacante, mais la guérilla marxiste-léniniste colombienne s'est opposée aux manœuvres d'Almirez. Almirez s'est replié sur le Honduras et vend très cher aux Russes, et à NOUS, certains produits qu'il soustrait aux paysans honduriens. Il habite à Pachuca dans la calle Madre Santo, dans une agréable bâtisse solidement gardée nuit et jour.*

Rourke tendit la note à Asher.

— Je crois qu'on aurait bien fait de lire ça plus tôt.

Asher s'arracha à sa carte, l'air un peu hébété ; il attrapa le papier que lui tendait Rourke et le lut à son tour. Dès qu'il en eut pris connaissance, il regarda Rourke avec un sourire en coin. Asher avait pigé de suite quel avantage, ils pourraient tirer de cette dissension. Il resta un instant sans rien dire, puis il demanda :

« Tu crois qu'il l'a sautée ? »

Rourke parut étonné de cette question.

— Ce qui compte, fit Rourke, c'est que Torrès le croit.

Puis les deux s'esclaffèrent.

Pendant ce temps, la camionnette du sergent Toukatchov, ayant finalement redémarré, fonçait sur la route sinueuse. Toukatchov se sentait léger. La grosse Mexicaine l'avait soulagé, et lorsqu'il avait rejoint son équipe, après avoir buté le type à la machette, il s'était tranquillement assis sur son siège, et avait patiemment attendu que le mécano fasse repartir la camionnette. Tout le monde était ravi de son humeur, presque joyeuse. Ils savaient tous ce qui s'était passé dans la cantina, mais l'essentiel était que leur chef cesse de leur tanner le croupion.

Là, ils dévalaient vers l'embranchement où bifurquait la route de Monterrey en direction de Tuxpan. Si Mammon était parti comme prévu après avoir réceptionné la camelote, pensait Toukatchov, il ne tarderait pas à le croiser. Le sergent ignorait toutefois comment Phil avait liquidé Mammon avant que les commandos d'Asher ne vident la place. Il lui avait tranché la gorge. Proprement, d'un geste délicat et silencieux. Une sorte de caresse maléfique. Le gros Mammon avait perdu sa casquette de joueur de football en s'écroulant par terre, dans la petite pièce de l'hôtel de ville, qu'il avait inondée de son sang. Mais bien sûr, Toukatchov ne pouvait pas savoir. Et lorsqu'il aperçut, au loin, deux camions arrêtés sur une sorte de terre-plein, l'autocar et l'ambulance, il crut seulement que ses comptes étaient justes et que Mammon allait bientôt lui tendre sa pogne flasque en baragouinant ce qu'il pensait être des mots de russe. Comme il l'avait toujours fait. Il conseilla tout de même à ses hommes de se tenir prêts à toute éventualité ; il dégaina un Tokarev qu'il posa sur ses genoux. Toukatchov agissait plutôt par habitude, que parce qu'il craignait que ces camions, qu'il avait vu des dizaines de fois, ne contiennent autre chose que l'escorte habituelle de Mammon. Le seul détail qui l'intriguait était l'ambulance. C'était la première fois qu'elle servait lors d'un convoiement. Il l'avait vue à Tuxpan. Mais jamais cette ruine ne s'était coltinée les sierras. Mammon était peut-être malade, ou blessé, et l'ambulance pouvait le transporter étendu. C'était une explication plausible. Le sergent n'en voyait pas d'autres.

La camionnette slaloma encore quelque temps à travers les lacets en épingle de la sierra, puis elle déboucha sur une portion de route plane, droite, au bout de laquelle stationnaient les camions de Mammon. Elle ralentit un peu. La nuit était très sombre, très noire, et la silhouette blanche qui s'agitait près de l'ambulance ressemblait à une sorte de spectre, ballotté par le vent. Avec ses jumelles à infrarouge, Toukatchov parvint à discerner d'autres silhouettes papillonnant autour des camions. Il était encore assez loin et ses jumelles ne lui permettaient pas de bien saisir les visages. Aucune animation particulière ne régnait cependant autour du convoi arrêté. Rien qui dénotât le piège que Rourke venait de lui tendre et dans lequel le sergent se jetait innocemment.

En parvenant à une centaine de mètres de l'ambulance, Toukatchov comprit enfin. Il hurla au chauffeur de foncer. De donner toute la puissance. L'autre écrasa aussitôt l'accélérateur. Mais cette réaction avait été prévue. Et un camion recula brusquement en travers de la route. Il bouchait entièrement l'artère. Toukatchov devait soit piler, soit se précipiter dans le ravin qui jouxtait la route. Le pilote freina. Le véhicule commença à se tortiller. Des gerbes de flammèches éclatèrent là où les pneumatiques laissèrent toute leur gomme. Mais la camionnette arrivait trop vite et l'avant s'encastra dans le flanc du camion. Toukatchov sentit ses jambes se broyer. Une douleur atroce inonda son corps. Le secoua. Il hurla. Cria... au moment où son visage s'aplatissait, jaillissant à travers le pare-brise, sur la tôle brûlante. Sa tête se fracassa sur cet écueil imprévisible. Et une fraction de seconde après, Toukatchov expira son dernier soupir. Sa gueule n'était plus qu'un tissu de sang, de chairs lacérées, broyées, malaxées, d'os émiettés. Ses yeux étaient éclatés. Tels des œufs brouillés. Le tout ruisselait de sang. Un sang épais, rouge violacé. La carrière du sergent s'achevait. Plus jamais, il n'aurait à passer devant ses juges militaires, pour ce que Toukatchov avait toujours considéré comme de simples vétilles. Il comprenait dans ce mot sibyllin les homicides qui dans d'autres circonstances lui auraient valu une place devant un peloton d'exécution !

Sous l'impact du choc, le camion avait reculé. La camionnette avait failli le mettre sur le côté, et, pire, l'expulser dans le ravin. Les commandos d'Asher avaient immédiatement pris position en éventail, autour de la camionnette. Rourke était là, dirigeant la manœuvre. C'est lui qui avait imaginé ce plan dès que le caporal Vargas avait repéré la camionnette. En quelques minutes, les hommes d'Asher avaient déchargé le camion et planqué les caisses contenant les missiles air-sol. Mallory s'en était occupé, avec le soin habituel qu'il portait aux choses du rangement.

Après le choc, on s'attendait qu'il y eût quelques survivants. Si l'avant de la camionnette, avec ses passagers, n'était plus qu'un enchevêtrement de tôle froissée, l'arrière, et ses occupants avaient moins souffert.

Phil s'approcha de la porte. Elle était coincée. Les deux pans s'étaient pliés l'un dans l'autre. Phil s'escrima un instant dessus. Mais sans résultat. Mallory apparut alors. Avec cet air qu'ont les gens qui connaissent leur affaire. Il s'appliqua un moment, triturant la serrure et le pommeau faisant office de poignée. Et soudain, il se retourna, le visage barré d'un sourire.

— C'est bon, capitaine, dit-il d'une voix où perçait une évidente satisfaction.

Asher pivota sur ses talons. Et attendait l'approbation de Rourke. Celui-ci hocha la tête. Les commandos reculèrent. Deux d'entre eux munis de lance-roquettes posèrent un genou à terre, braquant leur arme sur le fourgon. Au cas où cela tournerait à l'aigre, ils feraient feu et détruiraient ce qui restait du véhicule. Mais Rourke exigeait qu'il n'en soit ainsi qu'en cas d'ultime nécessité.

Phil revint sur ses pas. Il avait son calibre parallèle à sa tempe gauche. De sa main libre, il tira sur le pommeau et la porte s'ouvrit. Les coups de feu crépitèrent immédiatement. Un Russe de l'équipe de Toukatchov balaya devant lui avec sa Sten. Il toucha un homme d'Asher avant que Phil ne lui loge une balle dans le crâne. Les autres occupants étaient trop sonnés pour essayer quoi que ce soit. Phil monta dans la camionnette, et ramassa toutes les armes qui s'y trouvaient. Il les jeta sur la route où Mallory pourvoyait, naturellement, à leur immédiate disparition.

Le blessé saignait à la hanche. Une balle s'était glissée dans sa fosse iliaque. Le type grimaçait de douleur tandis qu'on le transportait à couvert. Il y avait dans le commando d'Asher un infirmier. Il avait été autrefois brancardier à la morgue d'Abilène, et la guerre l'avait promu infirmier. Il faut admettre qu'il ne s'en tirait pas mal. Il nettoya d'abord la plaie, la cautérisa, avant de faire une injection calmante au blessé. Mallory veilla ensuite à ce que ce dernier fût solidement attaché à un brancard et placé à l'arrière du car dont il allait faire enlever les sièges des dernières rangées.

Pendant ce temps, Rourke entraîna à l'écart, un des survivants de la camionnette, encore groggy, n'ayant subi que quelques éraflures sans conséquence au visage, et des traumatismes légers. Le type boitillait. Et cherchait à retrouver une respiration normale. Murray suivait. Il avait rempoché sa grise mine, et mis de côté le fiel qu'il secrétait toujours après son altercation avec Rourke.

Le Russe parut surpris d'être interrogé dans sa langue. Surtout que Rourke parlait sans accent. Il le cuisina pour savoir ce qu'il faisait sur cette route. Rourke maniait la carotte et le bâton. S'il se mettait à table, le Russe aurait la vie sauve ; dans le cas contraire, c'est Murray (qu'il dépeignit comme un ignoble tortionnaire) qui lui arracherait ses secrets. Et dans ce cas, il n'y aurait pas de clémence. Et le Russe passerait *ad patres* avant le lever du jour. Rourke le laissa mijoter un instant puis il lui reformula sa question. « Qu'est-ce vous foutiez sur cette route, en pleine nuit ? » Le Russe tenait visiblement à la vie, et il se mit à déblatérer comme un muet ayant subitement recouvrer l'usage de la parole. Il raconta tout, dans les moindres détails, y compris ceux afférant à l'incident de la cantina où le sergent Toukatchov avait repassé un Mexicain après avoir tringlé une grognasse qu'il avait cabossée comme un vilain marmot casse ses jouets après s'en être servi une seule fois. Rourke ne lui en demandait pas tant. Il lui confirma qu'il aurait la vie sauve. Et retrouva Asher pour le mettre au parfum. Il lui rapporta fidèlement les aveux du Russe, puis les deux s'assirent par terre et entamèrent une Thermos contenant un liquide sucré et super-vitaminé. Ce jus était le fruit de longues recherches dues à un diététicien de Green-House Creek. Il servait d'élixir. Une fois ingurgitée, cette chose donnait un vrai coup de fouet à l'organisme. C'était le but recherché. Et paraît-il, ça marchait rudement bien.

Rourke et Asher convinrent, après les confidences du Russe, qu'il n'y avait plus une seconde à perdre. Si les Soviets redoutaient une intervention américaine, ils pouvaient bien accélérer les événements et faire disparaître les camions et leur précieux chargement avant qu'Asher, Rourke, et les commandos aient pu tenter quoi que ce soit.

Un quart d'heure plus tard, le convoi reprenait hâtivement la route.

CHAPITRE XIII

Camillo Torrès étala devant lui, sur un mince morceau de cuir, une ligne de cocaïne. Il en trama une deuxième. Puis il sortit d'une petite boîte une sorte de paille en or, au diamètre très étroit ; il se pencha sur la table et sniffa la coke. La poudre blanche fila à l'intérieur de ses naseaux. Torrès renifla très fort quelques instants, passa sa main sous son nez comme pour se moucher. La drogue dégela son cerveau, chassa les brumes qui l'entouraient ; il eut l'impression que mille soldats de plomb s'étaient mis à faire la guerre sous sa boîte crânienne. Une sensation d'extase totale, vigoureuse, l'envahit tout entier. Torrès se rejeta contre le dos de son fauteuil. Maintenant, il était bien. D'attaque. La poudre lui apportait un surplus de vitalité. Cette force qui le quittait, jour après jour, alors que son corps entamait la pente ultime du vieillissement. Du moins, c'est ce que Torrès croyait. Car l'homme n'avait guère plus de quarante-cinq ans, et sa santé ne paraissait pas devoir défaillir de façon imminente.

Torrès était grand, un peu enveloppé. Il avait des cheveux très noirs, lissés, pommadés, plaqués en arrière. Sa peau mate donnait à son visage un air sombre que renforçait, ce soir-là, une barbe envahissante qui lui ombrait la face jusque sous les yeux. Il attendait la visite du major Ylliachine. Une affaire urgente.

Elle devait l'être, pensa Torrès, car il n'était pas dans les habitudes du major de se pointer au palais — c'est ainsi qu'on appelait la demeure de Torrès — à une heure aussi indue que deux heures du matin. Torrès s'était rhabillé sur-le-champ. Il avait abandonné Sandra dans le lit à baldaquin, à la literie de soie, passé une robe de chambre avant de se faire sa « ligne de coke ».

On annonça à la guérite d'entrée que le major arrivait. Torrès se leva, quitta son bureau et se rendit dans le hall d'où s'élevait un monumental escalier de marbre. Il traversa un salon où verdissaient de prodigieuses plantes tropicales.

Lorsqu'il ouvrit la porte, Ylliachine, et sa barbichette filandreuse, gravissait les dernières marches du perron. Torrès aperçut son visage. Jamais, le major n'avait arboré une pareille mine depuis que lui et Torrès étaient en affaires. Ce n'était pas un visage terne, et fatigué, non, Ylliachine avait la tête d'un type qui voyait poindre au-dessus de lui l'ombre du gibet.

Torrès s'écarta, le laissa entrer, puis il referma la porte tandis qu'Ylliachine gagnait le salon et se servait une tequila. Torrès lui emboîta le pas, et après avoir pris un cigare dans une boîte, et se l'être allumé, il s'effondra sur un divan moelleux.

— Alors, major ? Un problème ?

Ylliachine avala son alcool avant de répondre.

— Un bâtiment cubain a accosté à Tuxpan. Et ce qu'il y a vu peut se révéler pour nous une véritable catastrophe. La ville était ravagée... Le cyclone l'a mise à sac... Et l'on a retrouvé les hommes de Mammon étripés, et, lui, la gorge tranchée, sous un amas de ruines de l'hôtel de ville.

Ylliachine lorgna sur la tequila. Il sentait qu'il avait besoin de s'en servir encore une rasade. Torrès commençait à comprendre pourquoi son visiteur affichait une telle mine de déterré. Il anticipa et reprit le verre du Russe. L'autre le prit, regarda le liquide sirupeux, et avala son contenu d'un trait.

— Le vieux Ligatchev avait raison. Les Américains sont sur le coup. Et je crois même qu'on ne va pas tarder à les voir rappliquer ici.

Ylliachine parlait d'une voix presque étranglée. Il ajouta :

— Il faut que nous prenions immédiatement des mesures afin de mettre en sécurité nos matériels. Ils ne doivent tomber à aucun prix entre les mains de nos ennemis.

Le Russe avait autant de tonus que s'il se trouvait à l'article de la mort.

— Toukatchov, un de mes meilleurs soldats, a disparu. Il n'a pas essayé de nous joindre. Il savait pourtant qu'il devait faire connaître régulièrement sa position à mon QG. Je commence à craindre le pire à son sujet.

La cocaïne que le Mexicain avait reniflée l'empêchait de se ronger les sangs. Malgré les circonstances, il restait calme et, au fond de lui, il se sentait quasiment euphorique.

— Pachuca est bien gardée, dit-il. Et les Ricains n'y pénétreront pas sans que nous en soyons aussitôt avertis.

Ylliachine hocha la tête, démoralisé, tandis que la couleur de son visage virait au blanc cru.

— Je vais prévenir mes hommes, major, ne vous en faites pas.

— Les camions, balbutia le Russe.

— On va s'en occuper aussi.

— Ils devront sauter si les Américains mettent la main dessus.

Torrès opina du chef. Il avait passé un marché avec les Russes et y resterait fidèle jusqu'à ce que la camelote quitte Pachuca. Et puis, les Gringos l'avaient suffisamment harcelé avant la guerre pour qu'il ne soit pas tenté de trahir Ylliachine. C'était le moment de laisser s'accomplir sa vengeance.

Le Mexicain se leva et appuya sur une sonnette située près d'une grosse lampe au socle en grès, posée près des plantes tropicales, juste à côté du divan où le major demeurait affalé, l'air songeur. L'instant d'après, un gorille entra dans le salon. Il tanguait sur de petites jambes tordues entre lesquelles aurait pu tenir un cerceau. Sa gueule noiraude, effilochée de poils hirsutes, avait la grâce d'un employé des pompes funèbres. De volumineuses mâchoires serrées lui donnaient des airs de matamore sadique. Il s'approcha de Torrès, souleva un sourcil.

— Je veux, dit Torrès, que tu postes des hommes à chaque entrée de la ville. Il se peut qu'on ait de la visite. Un rapport chaque quart d'heure. Ensuite tu iras aux entrepôts et fais avec Agopian le nécessaire pour que les camions soient détruits s'ils venaient à nous échapper... C'est pigé ?

Une petite lueur de joie scintilla dans l'œil noir du gorille. Il acquiesça d'un mouvement du menton et s'apprêtait à sortir lorsque Torrès ajouta :

— Fais surveiller cette salope d'Almirez. Cette ordure nous a peut-être donnés aux Gringos.

Le gorille quitta la pièce. Torrès savait que, dans quelques minutes à peine, ses ordres seraient déjà exécutés. Il se retourna vers Ylliachine que l'alcool avait un peu ragaillardi. Ses pommettes rosissaient.

Torrès le regarda un sourire aux lèvres puis il lui offrit l'hospitalité. Le major accepta. Le Mexicain avait la meilleure tequila de tout le pays. Et cela suffirait à son contentement.

*
**

La calle Madre Santo était noire. L'obscurité y était si tenace qu'elle semblait destinée à interdire l'accès de la ruelle aux intrus. Il y avait une superbe demeure bâtie dans le style colonial espagnol, entourée d'un mur d'enceinte hérissé de tessons de verre. Du barbelé y courait aussi. Quiconque aurait voulu escalader ce mur devrait préalablement revêtir une armure où être immunisé contre la douleur. C'est ce que pensa Rourke dès qu'il eut fait le tour du mur d'enceinte. Murphy l'accompagnait. Ainsi que deux autres gars d'Asher. Un certain Paxton, et Tex, dit « Cartoon », pour sa ressemblance avec des personnages de dessins animés. Tous deux étaient de bons soldats. Ils avaient servi dans la Navale avant la guerre, dans les services de ravitaillement. Paxton était natif de Virginie, Tex de l'état de Washington.

Rourke avait décidé avec Asher de mouiller Almirez. Ses cerbères ne posaient pas vraiment de problème. On les saucerait comme du petit gibier. Un coup de surin, un étranglement, une bastos, ils seraient vite décimés.

Après avoir planqué les camions, les commandos avaient pénétré dans la ville de Pachuca une heure auparavant. Trois équipes s'étaient réparti les objectifs. Et tout le monde restait en contact permanent grâce au talkie-walkie. Rourke devait s'occuper du toubib véreux, le rival de Torrès. Et là, il poireautait dans la calle madre Santo, après avoir effectué un tour complet de la baraque d'Almirez. Celle-ci se dressait dans le parc, sur une sorte de butte. A l'entrée, trois gardes, des anciens *chulos,* faisaient les cent pas, l'arme à la main. Il y en avait sûrement d'autres à l'intérieur. La note de Morrisson évaluait l'effectif à une cinquantaine. Ce n'était qu'une évaluation. Almirez avait peut-être renforcé sa garde.

Rourke réfléchissait à la manière de s'affranchir de ce mur crénelé de barbelés et de tessons de verre. Il avait vite renoncé à passer par l'entrée. Sa mission consistait à s'emparer d'Almirez dans la plus grande discrétion. Et l'entrée était fortement gardée. Au moindre grabuge, le toubib pourri se claquemurerait presto dans sa baraque. Il fallait donc sauter le mur.

Rourke avisa un mur faisant face à l'enceinte à franchir. La ruelle étant étroite, pensa-t-il, ils pourraient avec la corde qu'ils avaient emmenée, s'en servir de tremplin. Il demanda à Murphy de grimper et de balancer la corde sur les branches d'un arbre qui dépassaient au-dessus du mur. Murphy s'exécuta. Il lança la corde plusieurs fois avant que celle-ci s'enroule autour d'une branche, et que Tex parvienne à la rattraper. Paxton surveillait les parages pendant ce temps. Une ronde pouvait surgir à tout instant. Les repérer, ouvrir le feu.

Tex ramena la corde à Murphy qui la noua solidement. Puis ce dernier traversa la ruelle étroite, lové à la corde, et se retrouva au-dessus des barbelés et des tessons de verre. Rourke eut une moue de satisfaction. Puis il enjoignit à Tex d'en faire de même, au moment où Murphy plongeait à l'intérieur de l'hacienda. Ce fut ensuite le tour de Paxton. Puis celui de Rourke.

Ils se trouvaient maintenant dans le palais où

l'ennemi juré de Torrès se barricadait. Les quatre hommes vérifièrent que leurs armes étaient prêtes à servir. Chacun disposait d'un fusil automatique, de deux pistolets, de grenades. Rourke avait revêtu sa combinaison de cuir noir, après avoir ôté les frusques qu'Asher lui avait refilées au départ de Green-House Creek. Elle lui seyait mieux que le battle dress camouflé des commandos. Il s'y sentait mieux dedans. Plus à son aise. Les trois autres avaient gardé leur uniforme. Tex s'était barbouillé la gueule de camocream. Une jolie gueule ornée d'un nez en trompette, barrée d'un sourire paraissant continuel. Deux yeux ronds comme des roues de bicyclette, gris et pétillants, aussi effrayants que ceux d'un poulpe géant, semblaient se languir dans leur orbite. Tex blaguait perpétuellement. Il se boyautait à tout bout de champ. Rigolant comme un cinglé. S'amusant du moindre coussin péteur ; amateur de farces et attrapes patenté, il savait dégeler les chambrées les plus pincées et glaciales. Rourke le considérait avec tendresse. Et Asher lui avait glissé à l'oreille avant qu'ils ne se séparent tous, d'en prendre soin, car Tex était une sorte de mascotte. Sa perte plongerait la compagnie dans le désespoir. Rourke avait promis à Asher d'en prendre soin et de le ramener sain et sauf en Louisiane. Sur ce, le capitaine des commandos spéciaux de la Marine, ce dur à cuire, l'avait quitté le cœur léger. Comme une maman abandonnant son marmot préféré à une bande de scouts, après s'être assuré qu'on ne lui ferait aucun mal, qu'il aurait chaque jour sa ration de sucreries et de chewing-gum.

Là, Tex faisait la grimace. En sautant par-dessus le mur, il avait abouti dans une mare d'eau boueuse, écrabouillant une énorme grenouille, surprise en plein somme. Le batracien avait étalé ses boyaux sur sa godasse. Sorte de terrine poisseuse de viscères. Chose dégoulinante, humectée de bave noirâtre.

Rourke laissa Tex à son écœurement, puis il essaya de percer l'obscurité du parc tropical bruissant de piaffements d'oiseaux. Au bout de quelques secondes, il aperçut la baraque d'Almirez. Elle s'élevait, sur la butte, là où le chemin de terre s'achevait. Deux hommes battaient la semelle sur le perron. Ils fumaient des cigarettes. Rourke voyait de loin le bout rougeoyant, incandescent, des clopes. Il montra du menton aux trois commandos, la demeure d'Almirez. Puis il s'enfonça à travers les broussailles grillées qu'on aspergeait visiblement d'eau. Des flaques boueuses se succédaient tous les mètres environ. Il régnait une température douceâtre. Des escadrilles de moustiques vrombissaient, prêtes à fondre sur Rourke et ses commandos, qui approchaient peu à peu de la baraque. Ils allaient devoir bientôt redoubler d'attention car une espèce de no man's land séparait le parc de la piaule d'Almirez. Rourke ne percevait aucune autre présence que celle des deux gus en train de cloper sur le perron. L'allée reliant l'entrée à la demeure coloniale s'étendait sur deux cents mètres environ, peut-être davantage. Rourke leva la main. Tous s'immobilisèrent. A vingt mètres d'eux, les chulos caquetaient distinctement en achevant de griller leur cigarette. Dans quelques secondes, ils seraient clamsés, refroidis ; ils auraient clopé leur dernière cibiche. Rourke y songeait en vissant un silencieux sur son Detonic 45. Tex en faisait de même ; tandis que Murphy et Paxton se tenaient prêts à répliquer au M.16 en cas de pépin. Puis Rourke visa une des sentinelles ; Tex l'autre. Les deux « plops » furent synchrones. Les balles mouchèrent les chulos au même instant. Les types s'avachirent par terre, s'agrippant le cœur un peu grotesquement. A la façon de deux mauvais garçons, butés dans un western de série B, montrant avec grandiloquence, théâtralement, qu'ils venaient de recevoir un pruneau dans la paillasse. La chute des deux corps rendit un bruit sec. Ils avaient à peine touché le sol, que, déjà, Rourke et Tex, couverts par Paxton et Murphy, se précipitaient vers l'entrée de la maison, l'arme brandie. Ils se plaquèrent, deux par deux, de chaque côté de la porte.

Rourke souffla un peu. Il tendait l'oreille afin de repérer des bruits à l'intérieur. Puis il indiqua à Murphy le balcon. C'était allumé à l'étage. Murphy escalada la façade, s'agrippa au rebord du balcon et enjamba la rambarde. Paxton se planqua dans un recoin, pendant que Rourke et Tex rejoignaient Murphy. Il demeurerait en bas. Son M.16 dans une main, une grenade dégoupillée dans l'autre.

La pièce éclairée était une chambre à coucher.

Tex louchait sur une fille arc-boutée sur le lit, croupe tendue, offerte à un type ventripotent qui la limait par-derrière. Le visage de la fille grimaçait de plaisir. Tex se rinça l'œil un instant, puis Rourke lui fit comprendre qu'ils allaient interrompre ces ébats. Les trois hommes reculèrent, puis, au signal de Rourke, ils défoncèrent la fenêtre et firent irruption dans la chambre à coucher. Des morceaux de vitre éclatèrent en un poudroiement de cristaux, tandis que le bois du chambranle se déchirait littéralement. Le type cessa sa gymnastique, jetant sur Rourke un regard où l'effroi se mêlait à l'étonnement. Ses yeux allaient d'une arme à l'autre, tandis que son pavois dégringolait misérablement.

— Qui êtes-vous ? bredouilla le type.

— On est venu sauver ton âme, lança Tex, en louchant derechef sur la gonzesse dénudée qui essayait de se cacher sous les draps.

— Almirez ? fit Rourke en expédiant Murphy près de la porte.

— Oui...

Au même instant, le gorille de Camillo Torrès entendit la sonnette de son chef qui l'appelait...

CHAPITRE XIV

Amado Almirez enfila un peignoir genre samouraï. Une nippe soyeuse avec un dragon doré estampé dans le dos. La fille était toujours tapie au fond des draps. Tex ne la perdait pas de vue. Il s'était approché du lit et lui avait claqué les fesses. Une claque amicale, presque une caresse, qui lui avait permis d'apprécier le rebondi gracieux de son postérieur.

Rourke se présenta à Almirez. Le toubib marron parut rassuré en apprenant qu'il ne s'agissait pas d'hommes de main de son ennemi patenté, Camillo Torrès. En dépit de l'état de la planète, se savoir en présence de soldats américains avait quelque chose d'apaisant. Les Etats-Unis d'Amérique, même en partie assiégés par les Rouges, restaient un modèle de civilité.

A présent, Rourke et Almirez se tenaient assis l'un en face de l'autre, chacun sur un fauteuil style art déco. Murphy était près de la porte, l'oreille dressée, le M.16 en travers de la poitrine tandis que Tex continuait à harceler

« gentiment » la morue qu'Almirez dessalait lorsqu'ils avaient fait irruption dans la chambre.

— Que faites-vous ici ? Que voulez-vous de moi ?

Il n'y avait dans la voix d'Almirez ni gaieté, ni, toutefois, d'appréhension.

— Vous allez nous filer un coup de main.

Almirez imagina en un éclair dans quelle situation il allait se fourrer.

— A quel sujet ? demanda-t-il, déjà assuré qu'il n'avait pas d'autre alternative que de « coopérer ».

— On sait que les Russes ont amassé ici des camions bourrés de matériels. Que c'est Torrès qui les leur a fournis. Aussi on veut les récupérer.

— Rien que ça ! Et moi dans cette histoire qu'est-ce que je vais récolter ? A part bientôt les emmerdements et la tripotée de tueurs à gage que Torrès va lancer à mes trousses ?

— Ecoutez, vieux. (La voix de Rourke était lasse, mais ferme.) Vous n'avez pas le choix. Ce n'est pas un marché qu'on vous propose, on vous offre seulement une chance de vous sortir de là vivant.

Le Mexicain hocha les épaules. Puis son visage graisseux, encore congestionné par l'effort, se barra d'un sourire ironique.

— Vous êtes plutôt brutal en affaires ! plaisanta-t-il à regret.

— Nous n'avons pas le temps. Il nous faut ces camions.

Les mains d'Almirez tripotaient le tissu

soyeux du peignoir japonais. Le toubib regardait pensivement ses orteils crispés sur la moquette.

— Ça ne fait aucun pli que Torrès va me viander, commenta-t-il comme pour lui-même.

— Nous aussi, si vous ne marchez pas dans la combine.

— Evidemment, murmura-t-il.

Almirez était la tranche de jambon prise entre deux pains.

— Okay. Mais démerdez-vous au moins pour buter cette ordure de Torrès. Si ce fumier clamse, j'aurai peut-être une chance de survivre.

— On fera notre possible, dit Rourke. D'ailleurs, cette ordure, comme vous dites, n'est pas en odeur de sainteté chez nous... On n'a pas oublié l'ardoise qu'il a laissée.

Almirez se leva. Sa gueule était aussi joyeuse que celle d'un pendu.

— Je vais m'habiller.

*
**

Aussi vétustes qu'ils fussent, les entrepôts de Pachuca restaient en bon état. Ils s'alignaient, tracés au cordeau, près de la gare routière dans une ancienne zone commerciale. Les hommes du lieutenant Agopian, un fringant officier arménien de l'Armée Rouge, étaient déployés dans tout le périmètre, communiquant avec le poste central en permanence. Les dizaines de camions chargés de matériels sophistiqués, de médicaments, et d'armes stratégiques, faisaient l'objet d'une étroite surveillance. L'accès des entrepôts était interdit aux curieux. Si par malheur, quelqu'un s'y aventurait par mégarde, ses chances d'en ressortir vivant étaient nulles. Le cas s'était déjà produit, et Agopian avait fait exécuter les intrus séance tenante.

Là, le lieutenant attendait Picos, le gorille de Torrès. Il sirotait une sorte de marc de café, répugnante, mélasse gluante, mais aussi efficace qu'une tablette d'amphétamines. Son poste central était un bureau à trois parois de verre, situé à l'entrée du premier entrepôt. Une petite pièce sobrement aménagée, disposant d'un meuble à tiroirs métalliques, d'une table en formica, d'un réfrigérateur débranché, sorte de garde-manger, contenant des bouteilles de bière, du whisky, du soda, et naturellement six bouteilles de téquila réservées à l'usage personnel du major Ylliachine. Il y avait aussi une cafetière, un bleuet à gaz, une boîte de sucre, des biscuits, un miroir au verre fendillé, et un poste émetteur radio relié à une antenne posée sur le toit de l'entrepôt voisin.

Agopian mesurait un mètre quatre-vingts. Il était élégant, racé, et toujours impeccablement rasé. De presque invisibles pattes d'oie lui garnissaient le coin de ses yeux bleus en amande. Agopian portait l'uniforme d'été de l'Armée Rouge. Une chemisette dans les tons marron, un pantalon kaki, à la ceinture un Tokarev à la crosse soigneusement astiquée.

De son bureau, Agopian apercevait l'esplanade en terre battue clôturée, et les deux sentinelles qu'il faisait remplacer toutes les trois heures, vu l'importance des matériels qu'ils protégeaient.

Agopian repéra brusquement dans la nuit les phares de la jeep de Picos. Il reposa sa tasse de café, et sortit à sa rencontre. Picos passa le contrôle. La jeep fonça vers le bureau éclairé d'Agopian et s'arrêta brutalement devant l'entrepôt. Le gorille de Torrès déroula ses jambes affreusement arquées en dehors de la jeep et descendit. Hormis deux colts gisant dans leur étui de ceinture, il avait à la main un Riot gun à poignée, et canon scié. Picos alla au-devant d'Agopian qui s'était allumé une cigarette russe, cigarette à long filtre creux cartonné. Au goût âpre, et entêtant.

— Faut miner les camions, mâchouilla Picos qui semblait ne pouvoir desserrer ses énormes mâchoires.

— On me l'a dit...

— Faut faire vinaigre. Où sont les explosifs ?

— Dans l'entrepôt numéro Un.

— Un truc à télécommande ?

— On en a.

— Parfait.

Agopian se dirigea alors vers l'entrepôt, suivi de Picos tricotant la terre battue avec ses guibolles torsadées. Le lieutenant éprouvait à l'égard de cette chose humaine un profond dégoût. Le Mexicain était une énigme anthropologique. Le fruit d'une aberration chromosomique. Il sentait la bête fauve et exhalait une haleine de poisson pourri. En bon officier, Agopian s'efforçait de ne rien laisser paraître de son dégoût. Il conduisit Picos jusqu'aux explosifs. Ils entreprirent ensemble de piéger aussitôt les camions. Il suffirait alors d'une simple pression sur un bouton, pour tout faire sauter.

Au cas où...

*
**

Le chulo rendit compte à Almirez que trois hommes de Torrès planquaient dans une vieille Osmobile, garée dans le haut de la calle Madre Santo. Almirez avait changé son peignoir de samouraï pour des vêtements civils plus appropriés. Il avait installé Rourke dans son salon, au rez-de-chaussée, que Tex et Paxton surveillaient attentivement. Le doigt sur la détente.

Almirez se servait un verre d'alcool. Il se retourna vers Rourke qui essayait de joindre Asher. Le capitaine devait se trouver maintenant non loin des entrepôts. Et pour l'instant, il ne répondait pas.

— Torrès a flairé le coup, dit Almirez. Que voulez-vous que nous fassions des trois connards qui nous espionnent ?

— On va s'en occuper, répliqua Rourke. Il fit un geste de la main, invitant Murphy à s'approcher. Celui-ci obéit immédiatement. Tandis que Rourke s'escrimait toujours à contacter Asher.

— Prends deux gars à Almirez et élimine ces types. Que ce soit silencieux. Je ne tiens pas à alerter toute la ville.

Visiblement accablé, Almirez leva les yeux au ciel. Torrès ne lui pardonnerait jamais d'avoir buté des types. Maintenant, quoi qu'il arrive, les deux hommes allaient devoir se faire la guerre. Jusqu'à l'élimination de l'un ou l'autre.

Murphy réclama deux hommes. Almirez soupira, et héla un chulo qui s'appuyait contre un mur. Un type efflanqué, grand, maigre, à la face de rapace. Deux énormes sourcils formaient au-dessus de ses yeux comme un affreux battement d'ailes. Le rapace approcha aussitôt. Il se déplaçait d'une démarche désinvolte.

— Prends Cucho et accompagne-le. Faites ce qu'il vous dira. Pigé ?

— *Si cacique...*

— Alors, grouille-toi.

Rourke accrocha enfin Asher.

— Que faisais-tu, gueula-t-il, ça fait dix minutes que j'essaie de te joindre ! Merde !

— Tu crois que c'est facile de faire traverser cette ville à cinquante types sans se faire repérer ! Et puis, ça grouille de partout. J'ai l'impression que les Russes sont sur les dents.

— Où es-tu ?

— Là où tu sais. Ça va pas être de la tarte, d'entrer là-dedans sans tout faire péter. Là, on se terre dans une ruine, une vieille fabrique.

— Okay. Nous, on tient notre bonhomme. Tout se passe bien pour l'instant.

— Tu lui as déjà parlé ?

— Je vais le faire. En attendant, planquez-vous bien. Ne vous faites pas repérer. Je te rappellerai plus tard. Contacte Mallory et son groupe.

— Dans dix minutes au rapport, John.

— Parfaitement, Woody... Ah ! rassure-toi : Tex se porte comme un charme.

— Merci. Salut.

Rourke éteignit son talkie. Il se retourna et tomba sur le visage déconfit d'Almirez. Visage blafard, sur lequel le mot « TROUILLE » se peignait en lettres majuscules.

— Qu'est-ce que vous devez me dire ? bafouilla-t-il.

— On a pensé qu'il nous serait utile de capturer le major Ylliachine.

— Vous êtes complètement cinglé ! Ce type est aussi protégé qu'un chef d'Etat. Il ne se déplace pas sans une escouade de gardes du corps.

— Il a dû recevoir des ordres précis au sujet des camions. On se doute bien qu'ils ont imaginé un moyen de nous empêcher de sortir des camions de Pachuca au cas où ils les perdraient. Alors, faut le faire causer. Et comme je ne crois pas à la télépathie...

La vieille Osmobile sortait droit d'un musée de Detroit. La bagnole ressemblait à un vestige de l'industrie automobile. Ou bien, songea Murphy, à une œuvre d'art futuriste. L'épaisseur de gomme sur les pneumatiques n'était guère plus grosse qu'une pelure d'oignon. Les chromes pendaient à des ficelles ; les pare-chocs s'oxydaient à l'œil nu et les peintures se craquelaient, dévoilant des monceaux de rouille. La caisse était garée cent mètres au-delà de l'entrée de la maison. Murphy et les deux chulos l'avaient contournée. Ils se tenaient derrière la voiture, dans laquelle les hommes de Torrès montaient la garde. Ils n'avaient pas décelé la présence des trois types dans leur dos.

Murphy avait vissé un silencieux au canon de son Smith et Wesson. Et décidé de ramener un des gars vivant à Rourke. Il se l'était dit en progressant dans l'obscurité. Il savait qu'au pire le gars serait descendu dans le parc si Rourke ne jugeait pas nécessaire de le cuisiner. Murphy en avait donc informé les deux chulos qui l'accompagnaient. Là, il s'apprêtait à bondir. Son flingue en guise de carte de visite. Il buterait les deux Mexicains assis sur les sièges avant de la vieille guimbarde, tandis que les chulos s'empareraient du type se trouvant à l'arrière. C'est ce qu'il avait planifié.

Il se tourna vers les chulos, opina du chef. Cela signifiait qu'il était temps de passer à l'action. Murphy se précipita vers l'avant. Il avisa les deux types, la gueule en limace. Perplexes. Il tira sur la tronche du premier ; une balle en pleine tempe. Il s'écroula sur son passager de droite que Murphy gratifia d'un pruneau dans la nuque.

Pendant ce temps, les deux chulos étaient entrés, chacun par une portière différente dans l'Osmobile ; ils avaient ceinturé le type sans qu'il ait eu le temps de dégainer une arme. Ils l'extirpèrent de la bagnole. Là, Murphy l'assomma avec la crosse de son Smith. Le type chancela et s'effondra dans les bras des chulos qui le portèrent rapidement dans la maison. Cette fois en empruntant la porte d'entrée. Les guetteurs de Torrès étaient neutralisés. Deux macchabées et un sursitaire au crâne bosselé.

Le prisonnier fut conduit dans la cuisine de l'hacienda. On l'allongea sur une immense table en bois. Murphy y était allé plutôt fort sur sa cafetière. Et le mec continuait de barboter dans les nimbes. Il marmonnait quelques vagues paroles, sans queue ni tête, déblatérant comme un poivrot gorgé de vinasse.

Prévenu par Murphy, Rourke avait gagné la cuisine. Il regardait le type étendu. Il s'approcha de lui, après un instant, et le secoua comme un prunier. Un des chulos, un certain Arruyo eut l'idée de frotter sous les narines du captif une pincée de piment pilé. Il n'y avait pas, ici, de ces sels ammoniaqués qu'on fait respirer aux vieilles dames évanouies. Seulement ce piment rouge. Arruyo se tourna vers Rourke, l'air maraud.

— Vous allez voir, il va se réveiller. Ce machin ferait se dresser un mort.

Il achevait sa phrase, que sa prédiction se réalisait. Le type sonné se redressa sur son séant. Il éternuait. Sa gueule de limace poilue sombrait dans l'écarlate. Le type se mit à tousser, fort, terriblement fort, au point qu'on crut un instant qu'il allait dégobiller ses intestins. En un réflexe naturel, et préventif, tous ceux qui entouraient la table se reculèrent. Seul Arruyo ne broncha pas. Il attendit une seconde avant d'agripper le mec par sa tignasse noiraude et collante, et de lui expédier une mornifle fulgurante en pleine poire. Le coup fut si violent qu'un peu de sang gicla des narines. Un jet bref qui réveilla définitivement le type à gueule de limace poilue. Il regarda, hébété, autour de lui. Quelques minutes plus tôt, il rêvassait à l'arrière d'une antique Osmobile, et maintenant il se retrouvait, le nez saignant, les muqueuses copieusement assaisonnées de piment.

— Que faisais-tu à nous espionner ?

Arruyo avait la voix aussi mélodieuse que le bruit d'un tortillard broyé dans une bétonneuse.

— On devait voir ce qui se passait chez Almirez.

— Et pourquoi donc ?

— Paraît qu'il y a des Gringos dans la ville.

Arruyo sonda le regard de Rourke.

— Et qui t'a dit de venir là ? demanda-t-il.

— C'est Torrès.

— Sais-tu où se trouve Ylliachine ?

— Il est avec Torrès.

Almirez qui venait de se pointer dans la cuisine, en entendant les dernières paroles du prisonnier, attrapa Rourke par le bras et le ramena dans le salon.

— Dans ce cas, lui chuchota-t-il, il y a peut-être un moyen d'entrer chez Torrès. C'est un gars à moi qui lui fournit sa dope.

CHAPITRE XV

Le cyclone qui avait ravagé la bande côtière, entre Tuxpan et Tampico, avait rebroussé chemin vers le sud, et se rapprochait maintenant de Pachuca. Des vents battus en rafales violentes remuaient la ville. On ne comptait plus déjà, les arbres arrachés, les toitures soulevées comme poussière, les habitants terrorisés jetés dans la nuit noire, dans la rue, à la recherche d'un abri providentiel. La tornade avait touché Pachuca depuis une heure.

Rourke avait demandé à Mallory des gars en renfort. Il avait projeté de prendre d'assaut le palais de Torrès. Et la perturbation météo, si soudaine, allait lui simplifier la besogne. On s'étonnerait moins de voir circuler en pleine nuit des gens, en bande, même dans les parages du quartier général de Torrès.

Le fournisseur de Torrès, un certain Salvatore, était prévenu. Il devrait ouvrir la petite porte généralement condamnée, située dans l'aile nord de l'hacienda de Torrès. Rourke et une dizaine de commandos y pénétreraient et investiraient la demeure avant d'ouvrir la porte principale aux hommes de Mallory. Tex et Paxton gardaient Almirez. Ils avaient ordre de l'éliminer à la moindre embrouille. Le toubib véreux était prévenu.

Aux alentours de trois heures trente du matin, la petite porte se mit à grincer sur ses gonds. Rourke et ses commandos étaient prêts à défourrailler au cas où Salvatore les aurait trahis. Ils se regardaient dans le noir tandis que le panneau commençait à jouer sur ses charnières, la porte à s'entrouvrir. Un léger voile de suée recouvrait le front de Rourke. Ses sens étaient en alerte maximale. Dès que la porte fut enfin ouverte, Rourke s'engouffra le pétard en avant, brandi sur ce qui devait être Salvatore, une grande gigue, à l'air abruti, aux cheveux longs ; il tremblait de trouille. Rourke lui colla le canon de son flingue sur l'estomac. Le type ouvrit la bouche comme s'il s'asphyxiait. Salvatore était terrorisé. Il parvint enfin à baragouiner quelques mots, à décliner son identité. Il assura Rourke que la route était libre. Mais qu'il faudrait se montrer prudents dès qu'ils seraient en vue de la baraque. Là, de nombreuses sentinelles patrouillaient. Salvatore raconta que les esprits s'échauffaient rudement. Torrès avait appris que les trois types qu'il avait postés près de chez Almirez s'étaient volatilisés. On avait trouvé des taches de sang sur les sièges avant de l'Ssmobile. La panique due au cyclone n'arrangeait pas les choses. Torrès était à cran, tout comme son hôte, le major Ylliachine.

— Okay, ça va, fit Rourke. Conduis-nous à la maison. Et n'oublie pas que mon soufflant te suit à la trace.

Salvatore fit claqueter ses mâchoires, en hochant le bonnet, puis il prit la tête de la petite bande.

Les jardins tropicaux de Torrès étaient magnifiques. Le caïd mexicain devait se donner un mal fou pour les entretenir. Parfois le chemin était si dense de végétation que Rourke avait placé devant lui un commando, armé d'une machette, et qui taillait allégrement dans les massifs floraux de Torrès. Si par malchance, ce fumier en réchappait, il supporterait péniblement la vue de ce carnage. Mais Rourke se disait qu'il lui briserait le cœur avant. De préférence avec un gros calibre.

Là, on n'entendait à peine le bruissement de leurs pas. Les vents soufflaient si violemment que leurs hurlements effaçaient toute trace d'autre bruit.

Cinq minutes plus tard, Salvatore fit signe à Rourke d'arrêter. Il avait aperçu deux sentinelles piétinant dans le patio dont une bourrasque venait d'enlever la tonnelle de feuillages tressés. Rourke fit passer le mot. Il s'occuperait personnellement des deux piétons. Son soufflant, avec silencieux, ne nécessitait aucune aide. Il s'en tirerait tout seul. Rourke leva le chien de son arme. Il avala une bouffée d'air. Et jaillit brusquement à travers le rideau végétal qui le dissimulait aux gardes. Il appuya trois fois sur la détente. Une balle se logea sous le crâne d'un des Mexicains, les deux autres cueillirent son voisin au ventre et au cœur. Les deux types vacillèrent avant de piquer dans un petit bassin en forme de haricot, garni de plantes aquatiques. La mare se colora de rouge. Le sang pissait comme l'eau d'une fontaine. Rourke courut jusqu'au mur du patio, contournant le bassin, suivi de ses commandos et de Salvatore.

Le dealer le rattrapa. Essoufflé, il haleta :

— Là... Il y a un... e... trappe... qui mè... ne à la ca... ve.

— Une cave ? répéta Rourke.

— Oui. (Salvatore reprit son souffle.) Une cave qui mène juste sous l'escalier central. La porte est fermée, mais lorsqu'on y sera, l'essentiel sera fait.

Rourke approuva machinalement d'un hochement de tête. Il montra la trappe à un commando. Celui-ci la souleva. Il y avait un escalier de bois, aux marches mangées par la moisissure. On ne voyait rien là-dessous. Le type sortit de la poche de son treillis une lampe torche et balaya le sous-sol avec le faisceau lumineux.

— Descends voir, fit Rourke.

Le type se retourna et posa un pied sur la première marche. Il crut une seconde qu'il allait passer à travers le bois pourri et s'agrippa à une sorte de rampe métallique. Puis il descendit les marches, l'une après l'autre, avant de mettre le pied par terre, se retourner et inspecter l'endroit avec sa lampe. Lorsqu'il se fut assuré que Salvatore ne leur avait pas tendu un piège, il siffla trois fois.

— On y va, annonça Rourke immédiatement.

Deux minutes plus tard, tous les commandos se massaient dans la cave. L'un d'entre eux avait refermé la trappe.

— A partir de maintenant, susurra Rourke, on la boucle. Toi (il montra Salvatore avec son soufflant.) passe devant. Et gare !

Plus ils avançaient sous la maison, mieux ils entendaient les bruits provenant du rez-de-chaussée. Des bruits de pas, des éclats de voix étouffés par les murs. Rourke ne cessait de consulter sa montre. Il devait absolument neutraliser Ylliachine avant qu'on ne repère Asher, planqué avec ses hommes, à proximité des entrepôts. Le jour venu, la ville deviendrait très dangereuse, et leurs chances de réussir s'amoindriraient. Rourke détestait l'échec, et surtout échouer si près du but. Ils avaient fait un sacré chemin depuis Tuxpan, laissé pas mal de cadavres derrière eux ; Ray Bush était mort, emporté par le vent sur ce maudit pont de pierre. Un gars de la compagnie, touché à la hanche, ne pourrait sans doute plus jamais marcher. Et puis, ils étaient loin du pays... et cette saloperie de guerre n'y changerait rien : on a toujours beaucoup de peine à crever loin de sa patrie... Même lorsque celle-ci est en partie occupée par des *Commies* et qu'on y meurt comme des mouches dans une tasse de vinaigre. Mais il n'était pas question d'échouer. De ne plus jamais revoir sa famille que la guerre lui avait volée !

Là, ils se rapprochaient de la cage d'escalier et les voix s'entendaient maintenant assez distinctement. Rourke vit enfin une sorte d'escabeau, marches de fer scellées dans le mur. Salvatore s'immobilisa devant. Il tremblait comme une motte de beurre fondu. Rourke se demandait où Salvatore avait pu trouver le courage de trahir Torrès, son client bienfaiteur. A le voir ainsi se trémousser comme un morveux ayant déféqué dans son froc.

— C'est là, fit Salvatore.

Il montra du menton la porte située deux mètres plus haut, au bout des marches de fer. Rourke saisit à la blancheur blafarde de sa gueule que Salvatore n'irait pas plus loin. Ses tripes devaient s'être nouées en scoubidous. Et une odeur indistincte émanait de sa personne.

— Okay. Tu peux rester là.

Puis Rourke appela Jérémy, qui transportait une trentaine de grenades sur lui.

— Dès qu'on aura enfoncé la porte, toi tu balances deux grenades dans la baraque. Mais évite de bousiller Ylliachine. Je vous ai montré sa photo tout à l'heure. Il nous le faut vivant. C'est compris ?

Jérémy hocha la tête. Il devait avoir à peine vingt-cinq ans... et arborait un charmant petit minois juvénile.

Rourke grimpa lentement les marches. Il avait son fusil fétiche dans une main, sa CAR 15, une ribambelle de gros pruneaux à charge explosive en quête de cibles humaines. Lorsqu'il parvint aux dernières marches, il s'aperçut que la porte n'était pas fermée. Une mince bande de lumière s'étirait, de haut en bas, le long de la porte.

Rourke enveloppa la poignée avec sa main libre, se retourna vers ses gars, puis il souleva le pêne. La charnière grinça horriblement. Puis Rourke bondit dans le hall. Une brève rafale neutralisa un gros Mexicain suant de téquila et l'expulsa par une fenêtre. A gauche, il remarqua le salon, une paire de jambes encore alanguies qui se levaient précipitamment.

Il vit la gueule d'Ylliachine, le reconnut à sa barbichette.

Pendant une fraction de seconde, les deux hommes se toisèrent. Chacun essayant de percer la pensée de l'autre. Puis le flot des commandos se répandit dans la baraque. Jérémy bazarda deux grenades dans l'entrée. La déflagration emporta des morceaux de murs ; un lustre s'écroula, un nuage de poussière se mit à flotter dans l'air, aveuglant, suffocant. Trois Marines se dirigèrent vers l'étage. Chacun brandissant un pistolet-mitrailleur, la détente à demi pressée.

Au rez-de-chaussée, les gars faisaient parler la poudre. Un larbin de Torrès reçut un pruneau dans la citrouille. Il partit en arrière, lâchant un plateau, avec ses tasses et sa cafetière... Rourke s'était jeté sur le Russe. Il l'avait promptement désarmé, bien qu'Ylliachine n'eût pas donné l'impression de vouloir en découdre. Il semblait même soulagé. Comme s'il s'attendait à ce qui venait de se produire. Rourke lui rafla sa pétoire, se la glissa dans le dos, puis il pénétra dans le bureau de Torrès. La pièce était vide. Richement meublée, belle, climatisée : Point de Torrès ! Le trafiquant se terrait sans doute quelque part dans la baraque. Dehors, des gardes s'étaient précipités. Mais sachant que leur boss se trouvait à l'intérieur, ils restaient ballants avec leurs armes muettes, noyées, ballottés dans un océan d'incertitude.

A l'étage, Torrès fut capturé docilement. Une rafale de PM lui avait ôté l'envie de jouer au héros. Les commandos lui ligotèrent les mains et, à présent, le redescendaient au rez-de-chaussée en lui taquinant les reins avec le canon de leur PM.

Rourke leur fit signe de le conduire dans le bureau, là, où, déjà, Ylliachine avait été ficelé à un fauteuil. Puis, il s'empara de son talkie, et joignit Asher.

— On les tient, annonça-t-il d'une voix dépourvue de toute émotion. Et vous, comment ça va ?

— Eh bien, on a vu de drôles de choses avec la lunette infrarouge. J'ai l'impression que les camions ont été piégés. Peut-être un système tétécommandé. Je ne peux en être sûr. En tout cas, si c'est ça on va pas rigoler.

— Attends une seconde, Woody.

Rourke se tourna vers Ylliachine. Le Russe était blanc comme un cygne. Les joues creusées, il semblait sorti d'un cauchemar d'épouvante.

— Avez-vous piégé les camions ? questionna Rourke.

— Vous n'avez aucune chance de repartir avec !

Le major avait répliqué avec une arrogance forcée.

— Ils sont piégés, Woody. (Il avait repris sa discussion avec Asher.) Envoie-moi Mallory. J'ai une idée.

— Okay. Mais fais vite. Le jour ne tardera pas à se lever et cette saloperie de cyclone commence à se déchaîner.

Rourke reposa le talkie muet sur le bureau de Torrès. Le Mexicain affichait une face triste, une longue figure de cheval fourbu. Il savait qu'il ne sortirait pas aisément du bourbier dans lequel il se trouvait. Les Ricains le tenaient à leur pogne. Et la manière avec laquelle ils avaient, jusqu'ici, exécuté leur coup, montrait qu'il ne s'agissait pas d'enfants de chœur.

Rourke l'épingla de son regard noir.

— Dites à vos gars, dehors, de poser leurs armes.

Ylliachine regarda Torrès, attentif à ce qu'il allait décider. Quelque chose l'assurait que le Mexicain désirerait jouer solo. Il n'était pas à une trahison près... La nature humaine est parfois si faible... Et certains hommes s'accrochent si désespérément à la vie, comme un singe à sa branche, qu'ils sont prêts à occire père et mère, pour sauver leur peau !

Après une courte hésitation, Torrès hocha la tête en forme d'acquiescement. Un sourire se glissa sur ses lèvres. Ses yeux s'éclairèrent d'un mince espoir.

— Je vais leur dire, fit-il, en montrant ses poignets ligotés.

— Vos liens ne vous empêcheront pas de parler !

Puis Jérémy le saisit par l'épaule, et le conduisit jusqu'au perron. Il se cacha derrière lui, tandis qu'il l'exposait à sa garde.

— Obéissez à ces hommes, gueula Torrès. Faites ce qu'ils vous diront et déposez vos armes ici.

Il y eut un léger brouhaha. Un Mexicain sans flingue, c'est une ortie sans piquant ! Puis les hommes se décidèrent. Jérémy, l'air narquois, ramena alors son prisonnier dans le bureau.

Le sourcil droit froncé, Rourke s'allumait un cigarillo avec son Zippo. La flamme lapa le bout du clope qui rougeoya avant qu'une volute de fumée se mette à tire-bouchonner. L'aspiration du tabac avait quelque chose d'apaisant. Rourke se sentit soudainement plus détendu. Il examina mentalement la situation, tandis que son regard se posait successivement sur le major lié à son fauteuil, sur Torrès essayant d'évaluer ses chances de se tirer de ce merdier sans trop de casse, et les trois commandos d'Asher, à la bouille enduite de camocream, qui paraissaient goûter ce bref repos. Rourke se disait que l'opération était loin d'être achevée. Le plus dur restait à faire. S'ils parvenaient à récupérer les camions, il leur faudrait ensuite reprendre la route de Monterrey, bifurquer vers Tampico et y attendre l'escadre de la navale que Green-House Creek leur enverrait pour acheminer le matériel. La partie serait d'autant difficile à mener que les conditions météorologiques semblaient s'aggraver.

Il ressassait tout ça, in petto, lorsque Mallory

le contacta. Il se trouvait près de la porte d'entrée de la maison de Torrès.

— Vous pouvez entrer, fit Rourke. On est chez nous. Faites gaffe tout de même. On sait jamais, un type isolé...

— Vous bilez pas, Rourke. On rapplique.

— Jérémy, dit Rourke, va jeter un coup d'œil. J'ai pas trop confiance.

Puis Rourke contacta Murphy, resté avec Tex et Paxton, à surveiller Almirez.

— Tout va bien ?

— Ça va...

Murphy ne put achever sa phrase. On entendit des coups de feu. Un vrai déluge ! La ligne devint cadavéreuse... une ligne sanglante et muette !

CHAPITRE XVI

Du bout du pied, Picos renversa sur le dos un corps sanguinolent. Tex avait les yeux ouverts. La mascote des commandos spéciaux de la Marine achevait de pisser son sang. Encore chaud, son cadavre rayonnait toujours de cette bonne humeur, qui en avait fait une figure populaire dans sa compagnie.

Picos les avait eus par surprise. Après avoir repéré les traces de sang dans l'Osmobile, il avait décidé, sans en référer à Torrès, d'aller jeter un coup d'œil dans la baraque d'Almirez. Les trois Gringos s'étaient fait cueillir sans crier gare. Paxton, Tex, Murphy... Les trois refroidiraient bientôt. Leur corps pourrirait ici, à Pachuca, au milieu des sierras mexicaines, en terre ennemie. Loin du pays. Ce pays qui leur rendrait, sûrement, un hommage posthume. Une médaille, un drapeau pour linceul, quelques notes de l'hymne national... Des mots de gratification, un éloge, des funérailles grandiloquentes.

Paxton, Tex, Murphy... Ils étaient morts !

Picos fit fouiller la baraque. Et entreprit de cuisiner Almirez qu'il avait épargné pour l'instant. L'homme aux jambes en cerceau lui vouait une haine féroce. Almirez le savait. Comme il n'ignorait pas la cruauté sans borne de son nouveau geôlier, il repensa alors à ce qu'il s'était dit lorsque les Américains l'avaient capturé ; il s'était senti rassuré, ayant craint tout d'abord qu'il se soit agi des hommes de Torrès.

Picos l'installa sur une chaise, au milieu du salon. Il avait fait descendre la souris, planquée dans le plumard d'Almirez, et lui avait arraché sa chemise de nuit. La poule était terrorisée. Jolie fille plantureuse que Tex aurait voulue emballer et qui, maintenant, se tenait debout près du toubib véreux, ses gros yeux de biche effrayés, tendus vers Picos, l'implorant. Sans doute se jugeait-elle trop jeune, trop belle, pour finir comme les macchabées qu'on charriait dehors, là, sous ses yeux.

— Ecoute, Picos, gémit Almirez, je ne suis pour rien dans cette histoire. Ces mecs ont débarqué à l'improviste. Je n'avais pas le choix.

— Si ! Celui de crever, ordure !

Picos lui expédia une mandale dans la poire. La chaise et son passager voltigèrent en arrière. Le Mexicain aux jambes tordues ramassa Almirez par le col, le souleva de terre, et lui cracha au visage.

— Où sont-ils passés ? beugla-t-il.

— Ils sont allés chez Torrès.

Picos eut une moue perplexe. Fallait-il croire ce « bâtard d'Almirez » pensa-t-il. Puis il le lâcha, le laissant riper sur le sol. Il empoigna férocement la fille par le bras. Elle cria, hurla, avant d'éclater en sanglots.

— Qu'en penses-tu pouffiasse ?

— C'est vrai ! sanglota-t-elle. Ils sont partis pour le palais.

Picos la regarda intensément. Puis il comprit qu'elle disait la vérité. Elle pleurnichait avec conviction. Tremblait, se tortillait sur place, les mains croisées sur sa poitrine dénudée. Elle hurla encore que les Gringos s'étaient tirés chez Torrès, supplia Picos de lui laisser la vie sauve. Elle s'agenouilla devant lui, l'attrapa par le pantalon, écrasa son visage contre les jambes arquées... Ses larmes, maintenant, déferlaient littéralement. Une vraie inondation. Une marée lacrymale que rien ne semblait pouvoir interrompre, apaiser. Picos recula, agrippa la tignasse de la fille, et la repoussa. Il la mit en joue avec son énorme pétoire...

— Ne la tue pas ! gueula Almirez. Ce n'est qu'une putain !

Picos se tourna vers Almirez, accoté sur le plancher.

— Une putain ça se dérouille ! C'est moins que de la *mierda !*

Puis il revint à la fille et appuya sur la détente. Le coup claqua, expulsant un léger nuage de poudre. La fille prit la balle au milieu du cou. Les chairs délicates se déchirèrent, s'ouvrant, béant, laissant ruisseler un flot de sang.

— Picos, tu n'es qu'une saloperie ! éructa Almirez avant d'être cueilli à son tour. La balle lui traversa la boîte crânienne. Ce qu'on appelle la vie s'évapora instantanément. Telle une bouffée d'éther.

***

Rourke expliqua à Mallory ce qu'il attendait de lui. Après avoir perdu le contact avec Murphy, les coups de feu, il avait dépêché calle Madre Santo cinq commandos. Mission : voir ce qui se passait et faire, éventuellement, le ménage... Ensuite, il avait pris Mallory à l'écart.

Les deux hommes se trouvaient à l'office.

— On a un problème aux entrepôts, raconta Rourke. Les Russes ont piégé les camions. Sûrement un dispositif à déclenchement télécommandé.

Le sergent Mallory hocha gravement la tête.

— Si on donne l'assaut, tout pétera. Et l'on n'est pas venu ici pour rentrer bredouilles.

Mallory était un homme d'une extraordinaire décontraction. A l'esprit un peu maniaque. Et scrupuleux. Il écoutait, là, attentivement, ce que Rourke lui disait, et, déjà, il ébauchait mentalement un stratagème.

— Il faut que ce système de mise à feu ne fonctionne pas, insista Rourke. Et je crois que cela est possible.

— Un brouilleur d'ondes...

— Exactement, Mallory. Vous avez ce qu'il faut ?

— On peut bidouiller un truc dans le genre. J'ai besoin d'un peu de temps.

— On est pressé Mallory.

— Une demi-heure, pas plus.

— Mettez-vous immédiatement au travail.

Mallory obtempéra tandis que Rourke rejoignait ses prisonniers dans le bureau de Torrès. De là, il appela Asher. Il l'informa pour les coups de feu entendus à la villa d'Almirez, et de ce qu'ils avaient imaginé avec Mallory. Asher, lui, commençait à s'inquiéter. Le cyclone serait bientôt sur Pachuca. Le vent avait déjà arraché la toiture de la fabrique où ils étaient planqués. Et il craignait que l'édifice ne finisse par s'effondrer comme un château de cartes.

— Woody, faut tenir encore trente minutes. Après on donnera l'assaut. Et si tout se passe bien, à l'aube on dégage d'ici.

— Que fais-tu du cyclone ?

— On n'a pas le choix, Woody. On fera avec.

La voix du capitaine Asher grommela.

— Ces connards de la météo auraient pu prévoir le coup, protesta-t-il, sachant bien que Rourke n'était pas sorcier, que le cyclone était un problème concret et réel qu'il faudrait résoudre.

— Je te laisse. Reste à l'écoute.

— Okay, John, salut. A plus tard.

***

Miranda commandait un groupuscule armé maoïste que la guerre nucléaire avait rempli d'espérances. Après des mois passés dans les sierras mexicaines, à essayer de convertir les paysans de l'exode (sans succès), elle avait rejoint Pachuca avec ses guérilleros, et à défaut de « faire la Révolution », elle y louait ses services à Torrès. En attendant des jours meilleurs...

Picos se présenta à son QG, un bloc d'immeubles lépreux, situé en bordure d'un ancien parc d'attractions, où toutes les crapules de Pachuca s'étaient rassemblées depuis les événements. Le quartier était un vrai cimetière à ciel ouvert. La durée moyenne de survie d'un étranger s'étant égaré, aventuré par erreur dans les parages, n'excédait pas dix minutes. Aussi, comme l'erreur était fréquente, les ruelles du barrio étaient jonchées de cadavres putréfiés, que nul ne pensait à enterrer, ne serait-ce que pour des raisons d'hygiène. Une odeur de charogne flottait en permanence. Une odeur de pourriture, dégueulasse, répugnante, à laquelle les riverains du quartier paraissaient s'être habitués.

Le QG de la Pasionaria maoïste était fortement gardé. On apercevait, aux fenêtres, des canons de M.60 braqués sur la rue. Les mitrailleuses étaient prêtes à se mettre en batterie à la moindre alerte. Et Picos, quoiqu'il fût un habitué, n'en eut pas moins les sangs glacés en garant sa jeep devant l'immeuble. Les sentinelles le fouillèrent, lui prirent ses armes, et l'emmenèrent à l'étage.

Miranda se terrait dans une pièce, transformée en blockhaus, les murs protégés par des sacs de sable. Elle trônait sur un fauteuil pivotant, derrière une table de fer, sous un portrait géant du grand timonier... MAO... Le Chinois à la verrue légendaire, le front coiffé d'une casquette frappée de l'étoile rouge. Miranda était vêtue d'un uniforme kaki, dans les tons vert foncé, genre barbudos cubains. Elle arborait un visage sévère, et ses cheveux noirs luisants comme jais disparaissaient sous une casquette de base-ball, à longue visière blanche.

Quand Picos entra dans la pièce retranchée, Miranda commentait à voix haute, une voix aiguë, quelques maximes de son maître à penser. Elle termina son explication de textes avant de guigner sur Picos et de lui demander ce qu'il venait foutre dans son QG.

— J'ai besoin de toi, Miranda.

— Comme ça, au milieu de la nuit, avec un cyclone qui commence à ravager la ville !

— C'est important.

— Ça doit l'être en effet...

— Des Gringos ont investi Pachuca...

Miranda eut un sourire ironique.

— ... et ces fumiers ont en tête de rafler les camions d'Ylliachine.

— C'est un peu gros ton histoire.

— Le temps presse. Tu auras ce que tu veux en échange. Mais j'ai besoin de ton aide. Torrès est leur prisonnier.

— Ce que je veux, as-tu dit ?

Picos secoua la tête. Cette façon que Miranda avait de laisser planer des anges dans la pièce entre chaque réplique l'exaspérait au point qu'il l'aurait volontiers étranglée comme une serpillière, s'il n'avait eu besoin d'elle... et de ses guérilleros.

— Je veux un lance-missiles portatif. C'est ça ou rien.

Miranda avait le sens inné du négoce.

— D'accord. Tu l'auras. Mais il faut grouiller.

*
**

Rourke écoutait, sans broncher, l'estomac noué, le rapport que les gars, qu'il avait envoyés chez Almirez, lui faisaient. Il s'en voulait d'avoir laissé là-bas Tex. Il avait souhaité le tenir à l'écart de l'assaut prévu sur la villa de Torrès, justement afin d'éviter qu'il ne soit blessé ou tué. Et maintenant, son excès de prudence avait été fatal à la mascote de la compagnie. Ceux qui avaient buté Murphy, Tex, Paxton ainsi qu'Almirez et la souris, avaient vite dégagé. Préférant sans doute ne pas s'attarder sur le lieu de leur crime.

— Je vais le dire à Asher, fit Rourke, indiquant ainsi que le rapport n'exigeait pas davantage de détails. Il s'apprêtait à contacter le capitaine des commandos spéciaux de la Marine, lorsque Mallory entra dans le bureau de Torrès. Il avait un petit sourire en coin, qui signifiait, sûrement, qu'il avait réussi à mettre au point un brouilleur d'ondes.

Le sergent Mallory y était en effet parvenu. Il l'annonça fièrement à Rourke.

— Parfait, sergent. Entravez-moi ces deux types et embarquez-les dans une camionnette. On les garde avec nous.

Sur ce, il joignit Asher. Il commença par la

mauvaise nouvelle, avant de lui dire qu'ils allaient bientôt les rejoindre aux entrepôts. L'échange ne s'éternisa pas. Puis les commandos accompagnant Rourke s'engouffrèrent dans deux véhicules avec leurs prisonniers. Et prirent immédiatement le chemin de l'ancienne zone commerciale de Pachuca.

Le vent soufflait à plus de cent kilomètres heure. Et la chaussée se couvrait de gravats divers. Des morceaux de toit emportés par la tornade, des véhicules, des charretons renversés, des arbres abattus, déracinés... et des centaines de citadins apeurés courant vers un abri providentiel, avec, dans les bras, des marmots braillant. Une foule paniquée, hystérique, que le cyclone électrisait.

C'est à travers ces scènes de rues de franche démence, que les camionnettes essayaient de se frayer un chemin. On avait parfois l'impression que la terre grondait, allait se déchirer, s'éventrer, se crevasser. Les façades tremblotaient. Et se fissuraient. La ville n'était plus qu'un brouhaha hurlant, un enchevêtrement de cris, de larmoiements, de gémissements.

Dans les camionnettes, cependant, les commandos étaient silencieux, recueillis. La mort de Tex avait du mal à passer. Elle leur nouait la gorge. Personne n'avait envie de plaisanter ; comme personne ne craignait ce qui les attendait. Ils étaient calmes. Le visage grave. Rourke se demandait qui avait pu pénétrer dans la villa et liquider ses occupants. Mais aucune réponse ne lui venait. Ce qu'il savait c'est qu'une bande d'ordures était en liberté. Russes ou mexicaines, il faudrait les exterminer. Et Rourke n'ignorait pas que, cette fois, Asher mènerait la danse à sa manière, et ne ferait aucun cadeau... Cette fois, lui, Rourke, se joindrait à eux. Même s'il s'était toujours refusé à employer la vengeance comme argument... Là, se disait-il, c'était différent.

Alors que les camionnettes approchaient des entrepôts, les commandos spéciaux de la Marine entonnèrent le chant de leur unité. En faisant cogner la crosse de leur M.16 sur le plancher des véhicules... Ce chant commençait ainsi :

Le Marine's Corps est invincible
Tous ces fumiers seront nos cibles
A la baïonnette on les aura
Et dans le gras on les crèvera...

CHAPITRE XVII

Les camionnettes s'immobilisèrent trois cents mètres avant l'esplanade formant un no man's land à l'entrée des entrepôts. Mallory fit descendre ses hommes et les aligna contre un mur. Rourke contacta Asher. Le capitaine les avait vu arriver du haut de la fabrique délabrée. De sa place, il pouvait aussi bien observer les gars de Mallory que les deux sentinelles russes, battant la semelle près de la porte grillagée, donnant accès à la zone des entrepôts, proprement dite. Rourke venait d'éteindre son cigarillo. Il colla son oreille au talkie.

— On y est Woody.

— Je sais, je vous ai dans ma mire. Que personne n'apparaisse à l'extrémité du mur. Il se ferait immédiatement repérer.

— On y a songé, vieux. On va brouiller toutes les ondes courtes émises dans le périmètre. Mallory a mis au point un truc qui me paraît fiable.

Une violente bourrasque de vent manqua à cet instant de renverser la camionnette. Rourke crut une fraction de temps qu'il allait se retrouver sur le côté.

— Qu'y a-t-il, John ? s'enquit Asher.

— Je crois bien qu'on n'a plus beaucoup de temps à nous. Ce foutu cyclone va nous poser de sérieux problèmes !

— C'est aussi mon avis, renchérit Asher. Alors, grouillons-nous !

— Je ferai un appel de phares, trois séries, dès que Mallory aura mis son machin en marche.

— Et alors on donnera l'assaut.

— Okay, Woody.

Il laissa le talkie branché et appela Mallory. Le sergent grimpa dans la camionnette et déballa sur ses genoux l'appareil qu'il avait bricolé. Un petit voyant rouge se mit à clignoter sur le boîtier.

— Dès qu'il cessera de clignoter, expliqua Mallory, c'est qu'il fonctionnera à plein rendement. Faudra vite râtisser les parages, car je n'aurai pas assez de jus pour neutraliser leur système indéfiniment.

Le sergent parlait avec une placidité extraordinaire. Rourke le considéra d'une mimique amusée, les doigts crispés sur le volant de la camionnette. Il regarda le voyant rouge qui cessait, peu à peu, de trembloter. Il attrapa le talkie.

— C'est pour bientôt, Woody.

Puis soudain le voyant devint rouge. Il ne clignotait plus. Rourke fit sa batterie d'appels de phares. Aussitôt, un missile partit du deuxième étage de la fabrique et frappa de plein fouet le bureau du lieutenant Agopian. Une énorme boule de flamme, mêlée de fumée noirâtre, s'éleva. Des morceaux de mur volèrent en éclats, s'éparpillant alentour, projetés violemment par le souffle de l'explosion. Le premier hangar s'embrasa immédiatement.

Tandis que Rourke et Mallory fonçaient avec leurs commandos vers l'esplanade, Asher et les siens vidèrent la fabrique et se ruèrent vers la clôture. Les deux sentinelles russes furent cueillies par des rafales de pistolet-mitrailleur. Les deux groupes se rejoignirent près de l'entrée grillagée. Murray accrocha une grenade aux chaînes entravant la porte. Sept secondes plus tard, celle-ci sauta.

L'entrepôt brûlait. Et le vent violent attisait le feu. Les flammes donnaient l'impression de surfer. Elles voltigeaient d'une paroi à l'autre, laissant derrière elles des traînées de braises.

Rourke et Asher parvinrent les premiers près du hangar où le missile avait explosé. Ils virent un type traversant le rideau de flammes. Il s'avança vers eux, noirci, chancelant, les bras essayant d'éteindre le feu qui l'enveloppait. Murray repéra la torche humaine. Et l'aspergea d'une rafale. Le type s'écroula. Et acheva de se consumer, cette fois, mort, sur la terre battue.

Mallory et le caporal Vargas contournèrent les entrepôts. Ils emmenèrent une trentaine d'hommes avec eux ; le reste de l'effectif se déploya en éventail derrière Asher et Rourke.

— Il y a six entrepôts, gueula Asher. Et ces putains de flammes risquent de faire cramer nos camions.

— Ylliachine doit savoir.

Rourke se retourna.

— Phil, Murray, allez le chercher ! Il est dans la camionnette avec Torrès. Ramenez-le ici immédiatement.

Les deux chiens de garde d'Asher obéirent sans perdre une seconde. Et revinrent presque aussitôt avec le prisonnier. Ils le charrièrent sans ménagement jusqu'à Rourke et le laissèrent tomber comme un vulgaire paquet de linge sale.

— Enlevez-lui son bâillon !

Les yeux du major fixèrent avec horreur le bâtiment ravagé par le feu. Le bureau d'Agopian était détruit. Il n'en restait rien, pas même des décombres. Il avait été soufflé. Le Russe pensa aux camions, aux mois qu'il lui avait fallu pour réunir toute cette camelote. Tout son travail était anéanti.

— Dans quel entrepôt ! hurla Rourke.

Les yeux du Russe se mouillèrent de larmes.

— Qu'avez-vous fait bon sang ! larmoya-t-il.

Sa voix se brisait, tel un murmure, sur ses minces lèvres tremblotantes.

Asher lui enfonça le canon de son soufflant sous le menton.

— Parle ! ordure !

— Numéro 4... balbutia le major, cette fois le visage mâchuré de larmes.

Murray l'agrippa par la tignasse et appuya sur la détente de son PM. La rafale lui laboura la boîte crânienne. Une pluie de sang, d'os émiettés et de cervelle blanchâtre, éclaboussa Asher. Son treillis se couvrit de ces souillures.

— C'est pour Tex ! commenta Murray. Il avait un regard monstrueux, dépourvu de la moindre trace d'humanité. Un regard froid, d'assassin.

Rourke se détourna du macchabée, pataugeant dans sa mélasse sanguinolente, puis il se dirigea vers l'entrepôt numéro 4. Derrière lui, Asher et sa meute lui emboîtèrent le pas ; dès qu'il se mit à courir, ses suivants l'imitèrent.

Ils longeaient l'entrepôt en flammes, qu'un vent soudain tourbillonnant étirait comme une chandelle vers le ciel. Eclairant tous les alentours de la zone commerciale. On entendait par intermittence des crépitements d'armes automatiques provenant du flanc opposé où Vargas et Mallory s'étaient engagés.

Rourke ne rencontra aucune résistance jusqu'au hangar numéro 4. Il était intact. Pour l'instant, le feu l'épargnait. La grande porte coulissante de tôle ondulée était fermée. Le baraquement s'élevait sur six ou sept mètres.

Les commandos se déployèrent autour de la porte. Phil s'agenouilla. Murray fourra une roquette dans son bazooka. Puis Phil tira. La porte s'orna d'un énorme trou de tôle déchirée... Au même instant, une mitrailleuse dévida sa camelote de dessus le toit du hangar... Deux commandos s'écroulèrent. Touchés mortellement. Rourke se jeta par le trou effectué dans la porte, suivi de Phil et Murray. Les autres reculèrent, se mirent à couvert tandis que le mitrailleur continuait de les asperger...

Une vingtaine de camions bâchés s'entassaient en bon ordre à l'intérieur du hangar. Sur trois rangées. A la queue leu leu. Rourke les avisa avec plaisir. La partie n'était pas gagnée mais ils avaient enfin mis la main sur ce convoi, qu'avec un peu de chance ils réussiraient à ramener aux Etats-Unis.

— Occupe-toi du toit, fit Rourke à l'adresse de Murray. Phil, viens avec moi. On va vérifier s'il n'y a pas d'autre surprise.

Murray fonça vers un escalier. Il l'escalada rapidement, puis se jeta sur une échelle murale qu'il gravit tout aussi promptement. Rourke commença son inspection. Dehors les pruneaux continuaient de pleuvoir. A grandes giclées. Asher ripostait, mais, apparemment, il ne parvenait pas à faire taire la mitrailleuse.

Plus grave... L'entrepôt numéro 3 tombait aux mains du feu et du vent tourbillonnant.

Pendant que Rourke ouvrait chaque camion, Phil regardait sous les véhicules. Au cas où on ne sait quel kamikaze s'y serait planqué.

Murray réussit à soulever la trappe donnant accès au toit. Il se hissa sur ses avant-bras, et se retrouva enfin dans le dos du mitrailleur, accroupi derrière sa bécane. Le type était seul. Il avait près de lui dans une caisse une solide provision de munitions. De quoi faire traîner le plaisir. Murray arma sa mitraillette M3 calibre 45. Et, à croupetons, il s'approcha du Russe. Il ne tenait pas à le rater. Vingt mètres séparaient les deux hommes. Peut-être davantage. Un instant s'écoula, bref, pendant lequel les douilles de la mitrailleuse ne cessèrent de pleuvoir autour du tireur, puis Murray se sentit suffisamment près de sa cible pour ne pas craindre de lui laisser la moindre chance de survivre. Il appuya sur la détente de son arme, au même moment, il se redressait. La rafale scia le Russe en deux. Ses reins se cabrèrent en un dernier sursaut, puis le type bascula dans le vide et alla s'écraser sept mètres plus bas.

Le visage de Murray se détendit. Un mince voile de suée brillait sur son front. Il rêvassa un instant en lorgnant sur la mitraillette, puis il fit demi-tour et redescendit dans l'entrepôt.

Asher y avait rejoint Rourke, achevant son inspection. Phil avait repéré les charges explosives accrochées aux châssis des camions. Elles étaient toutes munies d'un système de mise à feu à distance, télécommandée.

— Va falloir au moins trente minutes pour toutes les enlever !

Phil ponctua sa phrase en faisant craquer ses phalanges.

— Pas le temps d'attendre, fit Rourke. Dans cinq minutes le feu aura gagné cet entrepôt. Et tout sautera. Faut sortir les camions... tels que... On n'a pas le choix !

Asher émit un grognement. Rourke ne sut s'il marquait là sa réprobation ou s'il regrettait qu'il n'y ait d'autre alternative.

— Woody, je sais qu'il y a des risques, ça

ne doit pas nous effrayer. On fait notre job. C'est tout.

Il avisa Mallory qui avançait toujours aussi placide vers eux.

— Sergent, trouvez-moi vingt volontaires.

— Dix-neuf, corrigea Rourke. J'en conduirai un.

Asher secoua les épaules d'exaspération.

Aussitôt décidé, aussitôt fait. Rourke monta dans le premier camion. Il tira sur le démarreur, fit vrombir le moteur et attendit quelques secondes qu'on eût ouvert la porte coulissante, pour embrayer et appuyer sur l'accélérateur. Il vira à gauche, remonta rapidement les hangars en enfilade, maintenant tous ravagés par le feu. Pendant ce court trajet qui le conduisit hors du périmètre en flammes, Rourke ne songea pas un instant à la charge explosive placée sur son châssis qui aurait pu sauter à tout moment.

Il gara le camion près de la fabrique, faisant face à la zone commerciale incendiée, coupa les gaz, descendit et se glissa sous le véhicule. Il entendit le ronflement d'un autre camion, puis un autre... Les volontaires étaient à pied d'œuvre.

Il y avait environ trois cents grammes de plastic, un crayon détonant relié à un mécanisme de télécommande. Rourke cala sa respiration avant de se mettre à tripoter délicatement l'explosif. Une maladresse, la plus petite, un geste brusque, le plus infime, et les abattis de Rourke, s'égailleraient au milieu d'un fracas de tôles froissées, déchirées, broyées, en une fabuleuse gerbe de flammes ! Rourke s'efforçait de ne pas trop y songer, et, ayant saisi deux minuscules fils attachés entre eux, il s'employa méticuleusement, précautionneusement, à les séparer. De fines perles de sueur crevaient sur son front ruisselant. Il réussit à dénouer les fils. Et, les yeux grands écarquillés, il réalisa que le plastic n'avait pas sauté. Son estomac se soulagea. La crampe disparut. Et son souffle redevint calme et régulier. Il était sain et sauf. Il s'extirpa alors de dessous le camion, après avoir enlevé le plastic devenu, soudain, inoffensif.

Son regard se posa sur les entrepôts en flammes, puis sur les camions achevant leur ronde. Ils s'alignaient, déjà, bientôt au complet, sur le carrefour, terre-plein bosselé vaguement circulaire. Les conducteurs sortaient les uns après les autres, brandissant, comme un trophée de chasse, les pains de plastic récupérés sur les châssis.

Il vit Mallory rassemblant ses hommes, Asher qui mâchouillait son tabac pâteux et juteux, et derrière, tel un décor de film catastrophe, les hangars déversant leur purée de cendres, de flammes, de fumées noires poussées violemment par les bourrasques de vent.

Restait maintenant à faire sortir ce convoi de Pachuca, à l'emmener jusqu'à Tampico. Après, Rourke espérait bien pouvoir rejoindre ses « louveteaux » dans le Grand Cañon. Morrisson lui avait joué un sale tour, réussissant à l'embobiner, avec ce fieffé Moherty ! Il avait hâte de retrouver ses gosses, afin d'achever, de parfaire, leur instruction.

La voix grommelante d'Asher l'arracha à sa rêverie.

— Tout est réglé, John. On peut se tirer de cette saloperie de ville.

Asher ignorait toutefois que la partie était loin d'être terminée. Et la mise raflée.

CHAPITRE XVIII

Miranda redescendit de l'arche sous lequel on devait impérativement passer afin de sortir de Pachuca en direction de Monterrey. Ce volumineux monument de pierre avait été construit deux cents ans plus tôt. A l'époque, les paysans des campagnes environnantes se soumettaient à l'octroi en venant vendre leurs camelotes à Pachuca, une sorte d'impôt, tombant dans l'escarcelle des maîtres latifundistes de la ville.

Miranda puisait d'autant plus de plaisir dans sa destruction qu'elle voyait dans ce monument le vestige d'une société injuste, dirigée contre les pauvres, toujours soucieuse de s'enrichir davantage au détriment des plus démunis. C'est en tout cas le baratin qu'elle avait servi à Picos après que celui-ci avait eu l'idée d'enfermer les Gringos dans la ville. Picos se souciait en effet comme d'une guigne qu'il y eût des pauvres, que l'arche fût un symbole de l'injustice. Ce qui comptait aux yeux de l'homme de main, c'était de récupérer son chef, et d'empêcher les Ricains d'embarquer la marchandise. Picos était plus terrien que Miranda. Des pensées du grand Timonier, il n'en avait rien à foutre. D'autant qu'il détestait les Chinois. Pour l'instant, il n'insistait pas. Miranda pouvait dégoiser ce qui lui plaisait. Se chercher mille prétextes pour agir. A ses yeux, elle n'était qu'un mercenaire, appâté par un lance-missiles portatif. Rien de plus.

Miranda s'avança vers Picos. Elle avait une démarche un peu insolite, donnant l'impression, en effet, de trottiner sur la pointe des pieds. En parvenant à cette brute de Picos, la fille lui lança, radieuse :

— C'est fait. Dès que ces enfoirés passeront là-dessous, on fera tout sauter.

Puis elle montra les toits des maisons bordant l'artère qui conduisait à l'arche.

— J'ai cent types là-haut. Ça va être une jolie boucherie. Crois-moi, Picos, le convoi ne passera pas.

Le type aux guibolles arquées fronça des sourcils.

— Hey ! il ne faut pas que les camions trinquent.

— Te bile pas. On se contentera de les immobiliser.

— Torrès est avec eux.

— On essaiera de pas le cartonner, s'esclaffa-t-elle. Puis elle se dirigea vers sa jeep, garée dans une petite ruelle. Elle se posa sur le capot, s'alluma une cibiche, et se mit à loucher sur le bout de ses rangers.

Picos regarda l'arche. Le vent charriait dessous des tombereaux de poussière, de platras, de tuiles brisées, en une violente tornade. Puis il aperçut, sur la hauteur de la ville, les entrepôts qui partaient en fumée. Il se sentit, paradoxalement, soulagé à l'idée de ne plus avoir jamais affaire avec ce trou du cul d'Agopian. En dépit de ses manières polies, il savait que le Russe ne pouvait pas l'encadrer. Qu'il le détestait. Pire, qu'il le méprisait. Qu'il fût haï, Picos s'en tapait, mais être méprisé, ça, il ne le supportait pas. C'était humiliant ; c'était lui rappeler sans cesse que ni sa mère ni son père ne s'étaient précipités pour le reconnaître, et qu'il avait fini, gosse abandonné, entre les pattes de curetons imbéciles qui s'étaient abstenus de lui donner la moindre éducation... Agopian, avec ses airs condescendants, devait rôtir là-haut sur son bûcher... Picos en éprouvait comme une sensation de délivrance. Il sourit. Puis rejoignit Miranda qui s'appliquait à nettoyer son feu. Il défourrailla ses deux Smith et Wesson, à canon long, et s'amusa à les agiter sous son nez. Les Ricains ne tarderaient pas à se ramener par ici. Picos était convaincu qu'ils prendraient la route de Monterrey. Son intuition était suffisamment forte pour qu'il n'ait pas songé un instant à poster la moindre sentinelle aux autres sorties de Pachuca.

Picos ne se trompait pas.

Le caporal Vargas conduisait le premier camion du convoi. Juste derrière lui, avait pris place une camionnette transportant une dizaine de commandos. Asher était au volant. Après, les camions se succédaient. Rourke fermait la marche, à bord de la seconde camionnette. Torrès s'y trouvait, ficelé, bâillonné, serré entre Phil et Murray. Il y avait aussi une demi-douzaine de commandos. L'air affûté ; les mains crispées sur leur flingue.

Le convoi roulait lentement. Il empruntait les artères principales de cette ville bâtie comme une montagne russe, où les pentes succédaient aux côtes. Les rues demeuraient encombrées. Bien que le cyclone semblait contourner Pachuca, les habitants s'échinaient à chercher l'endroit idéal où se terrer. L'incendie qui avait pris aux entrepôts n'arrangeait rien. Il commençait à s'étendre. Et les vents tournants le rabattaient maintenant vers le centre ville. Les fuyards, déjà terrorisés par l'approche du cyclone, voyaient avec horreur les flammes suçoter leurs habitations. Leur présence nombreuse, affolée, dans les rues, ralentissait d'autant la progression du convoi. Asher avait suggéré à ses pilotes d'éviter d'écrabouiller massivement ces pauvres hères perdus. Ce n'était qu'une suggestion. Ni un ordre ni une consigne. La mission passait avant tout. Et s'il fallait aplatir quelques carcasses afin de se frayer un chemin à travers la ville, les pilotes avaient carte blanche.

Rourke conduisait avec sa CAR 15 posée sur les genoux. Le sergent Mallory, toujours aussi placide, se tenait à ses côtés, sur le siège passager. L'air songeur, toutefois.

— Dites, John.

Rourke marmonna en hochant la tête.

— Où sont passés les types qui ont buté Tex ?
— J'en sais fichtre rien. Pourquoi ?
— La voie est étroite pour sortir de Pachuca. J'ai remarqué ça en y arrivant.
— Et alors !
Rourke devinait ce à quoi pensait Mallory.
— Souvenez-vous, on est passés sous une arche. Si elle s'effondrait nous nous retrouverions bloqués dans la ville.
Rourke freina brusquement. La camionnette s'arrêta quelques mètres plus loin. Il se saisit de son talkie et appela Woody Asher.
— Il faut immobiliser le convoi, Woody. Immédiatement.
— Quelle mouche te pique, encore !
— Obéit. Merde. Je t'expliquerai plus tard.
Asher grommela. Et ordonna à Vargas qui ouvrait la route de passer au point mort. Et de planter son camion. Et sans discuter.
Une minute après, le convoi entier s'alignait dans une rue en pente au bout de laquelle l'on apercevait, déjà, l'arche de pierre, dernier obstacle à franchir, avant de récupérer la route de Monterrey.
Rourke descendit de la camionnette. Il gagna lentement celle d'Asher. Il remonta tous les camions où les chauffeurs le regardèrent passer d'un œil étonné. En arrivant au niveau de la camionnette d'Asher, Rourke s'alluma un cigarillo. Son Zippo lui fut très utile car le vent soufflait comme aux enfers. Il se pencha vers la vitre du pilote. Il vit la face grimaçante du capitaine des Marines.

— Ecoute, Woody, tu vois l'arche là-bas ?

— Ouais... (Asher était visiblement de mauvais poil !)

— Si on nous y attendait ?

— Et, qui donc ?

— Ceux qui ont rectifié Murphy, Paxton, Tex...

Le visage d'Asher se figea en entendant prononcer le nom de Tex.

— Pendant qu'on tirait les camions aux entrepôts, on a très bien pu miner l'arche, nous tendre un traquenard.

— Tu es le plus grand paranoïaque que j'ai jamais connu.

— Tu te gourres, Woody. Je n'y avais pas pensé moi-même, c'est Mallory qui m'a mis la puce à l'oreille.

— Bon, fit Asher l'air exaspéré. Que veux-tu que nous fassions ?

— Mitchell.

— Quoi Mitchell ?

— Tu devrais te rappeler qu'on l'a laissé en dehors de la ville avec un petit groupe de commandos pour garder les camions et les missiles air-sol. Alors, on va contacter Mitchell et lui dire de venir regarder de plus près ce qui se passe autour de l'arche. Simple précaution. Peut-être qu'on se fait de la bile pour rien, que la route est sans danger, mais j'aimerais en avoir le cœur net.

Asher opina. Après tout, Mallory n'avait pas une nature anxieuse. Bien au contraire. Et s'il croyait qu'on ait pu leur tendre un piège, c'était peut-être une clairvoyance qui éviterait à l'équipée de s'achever en bain de sang.

— Okay, John. Je vais appeler Mitchell immédiatement.

Rourke ne répondit rien. Il retourna à sa camionnette. Murray y cajolait sa mitraillette M3 calibre 45. En jetant sur Torrès un regard impatient. Il aurait en effet volontiers truffé la paillasse du Mexicain de pruneaux calibre 45. Murray se sentait frustré. Et, contraint, il essayait d'imaginer cette pourriture de Torrès percée comme une passoire, dégoulinant de sang. Cette simple image adoucissait sa rancœur. Mais le moment venu, il se réserverait la besogne. Et ferait de son ouvrage quelque chose de grandiose.

Rourke le surprit dans cette rêverie. Il comprit aisément quelles mauvaises pensées habitaient Murray. Il s'installa devant son volant. Mallory lui réserva un accueil complice. Une œillade. Il savait que Rourke avait agi en sorte que cette arche ne soit pas le point d'orgue sanglant de leur mission. Il ne dit rien.

Mitchell laissa un commando près du jeune Mexicain dans l'ambulance. Et, avec le reste du groupe, il se glissa dans la nuit venteuse et, quelques minutes plus tard, parvint à proximité de l'arche. Mitchell était un vieux soldat. Si la guerre nucléaire n'avait pas éclaté, il aurait sans doute pris sa retraite dans le Montana où sa famille possédait un ranch, et un petit troupeau de bêtes à cornes. Mais le destin en avait décidé autrement. Et Mitchell avait rempilé.

Le guerrier chevronné qu'il était ne tarda pas à repérer sur les toits des traces de silhouettes, visiblement armées, et au moins une caisse de TNT accrochée à l'arche elle-même. Il ne faisait aucun doute qu'un piège était tendu et qu'un comité de réception grouillait sur les immeubles. Mais la fanfare s'apprêtait, ici, à jouer la marche funèbre, et non une de ces partitions qu'on entend le jour de la célébration de l'Indépendance, le 4 juillet, de chaque année.

Mitchell entra dans une baraque, vidée de ses habitants, monta au troisième étage, et de la fenêtre, il aperçut dans une ruelle une fille en uniforme de guérillero, le cul posé sur le capot d'une jeep, palabrant avec un Mexicain aux étranges guibolles en cerceau. Il demanda qu'on lui refile son talkie, et appela Asher.

Il parla dans un filet de voix enrouée.

— Capitaine, il y a du monde ici. Et l'arche est minée. De la dynamite, je crois. De quoi faire un sacré pétard ! J'ai aussi repéré des mecs sur les toits, et, en face de moi, une gonzesse et un Mexicain qui n'arrêtent pas de tripoter leurs flingues.

— Tu entends, John ?

Rourke acquiesça.

— Qu'est-ce que je fais, capitaine ? demanda Mitchell.

— Pour l'instant, rien. Ne vous faites pas repérer et signalez immédiatement la moindre bizarrerie.

— Entendu, capitaine.

Pendant ce temps, un guérillero maoïste était

accouru près de Miranda. Un grand type efflanqué, borgne, et sale comme un putois.

— C'est étrange, Miranda. Les camions ont stoppé en haut de la rue. Depuis quelques minutes, ils ne bougent plus. Un type est sorti d'une camionnette, il est remonté dedans...

Picos jeta un coup d'œil curieux sur Miranda.

— Hey ! Picos. Comment veux-tu qu'ils aient deviné quoi que ce soit ?

Le regard de l'homme de main passa de la curiosité au reproche.

— Ces types, fit-il, ce ne sont pas des mauviettes. C'est un vrai commando. Et, jusqu'à présent, ils n'ont pas fait la moindre faute.

La Pasionaria vida le capot de la jeep. Elle avait perdu un peu de sa superbe.

— Ils tomberont dans le piège, fit-elle comme pour s'en convaincre. On les poussera à la faute. Ces ordures ne m'impressionnent pas.

Picos eut un geste d'exaspération.

— Ce n'est pas le problème ! (Il faillit ajouter « connasse », mais s'en abstint.) Envoie un de tes gars là-haut. Qu'il essaye d'y voir un peu plus clair.

Miranda se tourna, maugréant, vers le borgne efflanqué et puant.

— Vas-y, Ricardo. Monte voir. Et te fais pas pincer.

Ricardo hocha la tête et s'engouffra dans la ruelle obscure.

Mitchell en référa aussitôt à Asher. Et Ricardo fut capturé quelques minutes plus tard. Murray s'occupa de lui. Il lui rasa la gorge avec son poignard commando à la lame effilée. De très, très près. Le spectre de Ricardo cessa de hanter Pachuca. Son corps fut traîné sous une porte voûtée et jeté dans la broussaille.

Pendant ce temps, les commandos descendaient par des rues latérales jusqu'à l'arche. Mallory emmena une équipe par les toits. Rourke et Asher avaient décidé de ne pas s'éterniser dans Pachuca. Les raisons en étaient nombreuses. Mais la principale concernait l'escadre de la Navy qui devait accoster le lendemain matin à Tampico. Les bâtiments offriraient de jolies cibles aux chasseurs soviétiques basés sur l'île de Cuba ; et un bombardement en règle du port mexicain risquait d'empêcher l'embarquement des matériels.

Il était donc primordial de foutre le camp de Pachuca cette nuit même !

A présent, grâce à ses jumelles infrarouges, Mallory discernait précisément le dispositif ennemi. Il comptait le nombre de types postés sur les toits. Et évaluait leur armement. Les Mexicains pullulaient littéralement et disposaient d'une robuste artillerie. Le sergent signala à Asher ses premières constatations. Le capitaine et Rourke s'étaient barricadés dans la camionnette fermant le convoi, avec Torrès, sous la protection de Phil et de son lance-roquettes.

— Faudrait employer des bazookas, nota Mallory d'un ton presque détaché. Ça nettoierait rapidement les toits.

Asher sonda le regard de Rourke, y cherchant

son approbation. Ce dernier ferma les paupières. En signe d'acquiescement.

— Affirmatif, sergent. Mais ne tirez pas avant que j'en donne l'ordre.

— Okay, capitaine.

— Murray ! gueula Asher dans son talkie.

L'instant d'après, l'autre répondait.

— Où en êtes-vous ?

— Prêts, capitaine.

Ce fut le tour de Mitchell.

— Pouvez-vous faire sauter la dynamite ?

— Affirmatif.

Asher regarda Rourke dans les yeux. Puis il ordonna l'assaut général.

CHAPITRE XIX

Mallory frappa les trois coups.

Tony et Bosco, qui savaient dégommer une mouche à cent mètres avec leur bazooka, avaient sauvagement étrillé les forces adverses. Deux roquettes en avaient liquidé (au moins blessé) un gros paquet.

A présent, passé ce premier moment de stupéfaction, les guérilleros de Miranda répliquaient avec acharnement. Un pâté d'immeubles séparait les deux camps. Et de chaque côté, l'on s'arrosait de bastos.

Le sergent était en contact permanent avec Rourke et Asher, eux-mêmes en liaison avec Murray et Mitchell. Murray avait attaqué une dizaine de types au moment où explosaient les roquettes de Tony et Bosco. Il ne faisait pas dans la dentelle. Il cueillit un Mexicain avec sa mitraillette M 3, calibre 45, le coupant littéralement en deux. Cette arme avait une puissance phénoménale. On disait qu'elle pouvait renverser une voiture. Sous le seul impact de ses balles. Murray l'avait choisie pour ça. Et lorsqu'il visa le guérillero, il ne le considéra pas autrement que comme une cible en carton. Sa rafale fut appliquée. Soigneusement dirigée sur l'abdomen du type. Murray employait des balles dum-dum. Un petit trou à l'entrée, un orifice géant à la sortie. L'intérieur du bonhomme n'étant plus qu'une mélasse de tripes déchiquetées, d'organes explosés, bouillonnant dans une cataracte de sang. Le guérillero coupé en deux gisait au milieu de la chaussée. Pataugeant dans son jus. Murray le dépassa, jeta un coup d'œil averti sur le cadavre, et avisa un autre fuyard, qui venait d'entrer dans une cour. Il se précipita à sa suite. Et l'aperçut en train d'essayer d'escalader un mur. Murray s'arrêta. Il le regarda faire. Le type manquait de ressort. Et ses paluches s'esquintaient sur le rebord de pierre. Ses jambes tournoyaient sous lui, comme un yo-yo, stériles, inefficaces. Murray tira trois balles sur les mains du Mexicain. Aussitôt, celui-ci retomba par terre.

On entendit alors une violente explosion. Mitchell venait de faire sauter l'arche...

Le Mexicain constatait avec effroi que l'Amerloque lui avait sectionné sept doigts. Murray s'approcha vers lui. Il souriait un peu sadiquement. En mastiquant un chewing-gum. Il appuya sur le bouton « arrêt » de son talkie. Il brandissait dans une main sa M 3. Le visage commotionné du guérillero suait à grosses gouttes. Le type avait pigé à qui il avait affaire. L'homme à la mitraillette allait le crever à petits feux. Il se battait à sa manière. En se torchant, royalement, des moyens employés. Pire, le Mexicain savait qu'il ne pouvait se battre autrement. Sans ce raffinement ignoble. Il comprit que ses doigts qui avaient giclé, n'étaient qu'un amuse-gueule. Que le Gringo se mettait simplement en appétit. Le plat de résistance ne tarderait à venir. Murray appuya sur la détente de sa mitraillette. Les deux rotules du Mexicain volèrent en éclats. Projetant leur propriétaire au sol. Le type se mit à hurler. Il cria de douleur. Et des larmes saillirent aux coins de ses yeux. Ses mains mutilées s'agrippaient à ses rotules fracassées. Et le type gueulait. Il chialait. Et Murray se marrait. De dos il semblait secoué de sanglots, mais de face son visage se fendait d'un sourire rigolard. Il marcha jusqu'au guérillero, lentement, sans se presser, le couvrant d'un regard rayonnant de jubilation.

Lorsqu'il fut au-dessus du moribond, il lui pointa le canon de sa mitraillette sur sa gorge palpitante.

— Alors, trou du cul. On voulait nous faire chier ?

L'autre ne parvint pas à sortir le moindre mot de sa bouche, que la douleur tordait un peu grotesquement.

— Voilà, ce qui arrive aux enfants mal élevés. Une bonne correction, une vilaine fessée, pour qu'ils ne recommencent jamais.

Le Mexicain avait hâte de clamser. Mais Murray prenait son temps. Il s'attardait, alors que, dans les immeubles voisins, on se livrait une vraie guerre de tranchées.

Murray sortit une grenade de son treillis ; il enleva la goupille avec ses dents.

— Vilain petit bébé, tu vas finir en pâté.

Le guérillero était terrorisé. Ses yeux effrayés fixaient avec horreur la grenade que l'Américain tenait au bout de son bras, dans le creux de la main.

Dans leur camionnette, Asher et Rourke s'inquiétaient de ne pouvoir joindre Murray. Il avait filé avec ses gars. Et depuis le commencement de la bagarre, on avait perdu sa trace.

— Je vais y aller, fit Rourke.

Il se tourna vers Phil à l'arrière.

— Occupe-toi bien de Woody. Et fais gaffe.

— Sois prudent aussi, répliqua Asher. Et je n'ai pas besoin que ce morveux de Phil prenne soin de moi.

Rourke attrapa sa CAR 15, et se glissa en dehors de la camionnette ; le vacarme des armes lui effaça le sourire qui s'était immiscé sur ses lèvres. Il rejoignit en courant la rue latérale dans laquelle Murray et ses gars s'étaient engagés. Son pouls accéléra. Ses sens redoublèrent d'acuité. La rue descendait abruptement, prise entre deux rangées de maisons typiquement mexicaines. Son rythme cardiaque galopait à tout va ! Le vent le poussait dans le dos. Il prit d'autant plus garde à ne pas se laisser emporter dans sa course, à se rétamer sur la chaussée. Il courait, cependant.

Un peu plus bas, il découvrit un cadavre, l'abdomen fossoyé de balles. Il s'arrêta un instant. Ce ne pouvait être que l'œuvre de

Murray, songea-t-il, en se remettant à courir. C'est alors qu'il entendit une explosion. Elle l'immobilisa. Comme un chien, soudainement en arrêt devant son gibier. Il tourna la tête à gauche, aperçut une cour. Il y pénétra presque aussitôt.

Murray se tenait de dos, face aux décombres humains du guérillero. Il riait aux éclats. En faisant tambouriner sa mitraillette contre sa cuisse droite. Il ne restait rien du Mexicain. Sept secondes après lui avoir glissé la grenade dans son froc, le type avait été déchiqueté. Ses moignons rayonnaient maintenant un peu partout dans d'incroyables éclaboussures de sang.

A cet instant précis, Rourke sut que Murray était cinglé. Il arma par précaution sa CAR 15. Alors il s'exclama :

— Je t'avais prévenu ! Quelle que soit la guerre que nous menons, tout ce qui s'est passé, tu es indigne de porter l'uniforme.

Les yeux de Murray clignèrent nerveusement. Il resta sans bouger, sans se retourner. Sa M 3, calibre 45 cessa de tambouriner sur sa cuisse. Tout son corps se figea. Il arrêta de rire.

— Jette tes armes par terre, fit Rourke. Tu n'en auras plus besoin.

Une lueur de folie éclaira le regard de Murray. Son doigt enveloppa doucement la détente de sa mitraillette.

Le priver de ses armes ? Rourke déconnait... Murray ne supporterait pas cette immonde castration... Cela faisait maintenant belle lurette que Murray n'existait plus sans tout son fourbi.

Le lui confisquer, c'était la pire des punitions à lui infliger. Il n'était pas près de l'accepter. Rourke récolterait ce qu'il avait semé. Des images de mort, scènes de mutilations atroces, se mirent à défiler sous son crâne. La folie le possédait, cette fois, entièrement. Et le seul moyen de l'en délivrer... c'était de le tuer. Avant qu'il ne tue encore.

Rourke le comprit, et, au moment où Murray se retournait, relevant sa mitraillette M 3, calibre 45, la braquant sur lui, il tira une rafale de fusil. Murray partit sur le dos. Il chuta lourdement, tandis que sa pétoire se mettait à crépiter, balayant l'air à l'aveuglette. D'un bond, Rourke s'abrita dans une cage d'escalier. Un rat lui grimpa sur la godasse, puis fila. Le doigt de Murray devait être crispé sur la détente, et sa mitraillette continuait de vomir ses balles dum-dum, dans un bruit fracassant, assourdissant. Le chargeur s'épuisa enfin et Rourke réapparut. Le corps de Murray gisait dans les restes sanguinolents du Mexicain. Rourke ramassa le talkie, et disparut. Il décida de ne rien dire à Asher. Woody aimait bien Murray. Mais il ignorait simplement qu'il était dingue.

Murray mort au combat, à Pachuca, héroïquement.

Voilà l'épitaphe que Rourke proposerait.

Le sergent Mallory annonça à Asher que les toits étaient enfin nettoyés. Tony et Bosco, les as du bazooka, s'étaient servis de leur arme comme d'une vulgaire Winchester. Une carabine à répétition. Le résultat était tout autre.

Des crevasses immenses, des cratères profonds, bordés de fumée noire, un chapelet de cadavres disloqués impressionnant. Les toits ruisselaient presque de sang.

Après avoir laissé Murray dans sa cour, Rourke avait dévalé la rue jusqu'à un endroit où une ruelle l'éperonnait par le flanc gauche. Là, deux commandos, accroupis, échangeaient des dégelées de pruneaux avec une paire de Mexicains, déambulant à croupetons, autour d'une jeep.

Rourke se posta derrière eux. Les balles sifflaient au ras des oreilles.

— Faites gaffe, Rourke. Ces salauds ont capturé un de nos gars.

— Où est-il ?

— Près de la jeep. Il est encore vivant mais je doute qu'il le reste longtemps si on les charge.

Rourke admit que le cas était épineux. Ils contrôlaient la situation, alors, peut-être, pouvaient-ils marchander avec les deux Mexicains. Il y avait Torrès... La promesse de les laisser filer.

Il fallait intervenir de suite.

— Hey ! Arrêtez une seconde ! gueula-t-il, dissimulé derrière l'angle droit que formait ici la jonction des deux rues.

— On vous crèvera tous, hurla Miranda. A commencer par cette fiote qu'on a chopée !

— On peut discuter, répondit Rourke. On n'a plus rien à foutre dans ce patelin. On va se tirer, alors lâchez votre prisonnier et on oubliera...

— Tas de dégueulasses ! Vous ne me biterez pas comme ça.

La guérillero était aussi tendue qu'une corde de violon.

— Vous êtes cinglée !

Rourke essayait de la raisonner. Mais il sentait dans la voix de la fille que seule une bastos parviendrait à la radoucir.

Il joignit Mitchell par talkie-walkie.

— Que vois-tu de là-haut ?

— La gonzesse, un Mexicain... et Sullivan plaqué contre le sol, un canon sur la tempe. Cette salope est une vraie furie. Vous n'obtiendrez rien d'elle. Essayez avec le Mexicain... Il ressemble à un gorille mais j'ai comme l'impression que la souris lui court sur les nerfs.

— Merci du tuyau, Mitchell. Et tenez-les tous en joue au cas où ces salopards se décideraient pour le grand saut.

— Pas de problème. On les a dans la mire depuis le début. Sans Sullivan, on aurait déjà vite tiré un trait là-dessus.

Rourke tendit son appareil à un des commandos qui le flanquait.

— On a un gars, si vous voulez échanger !

Picos se raidit.

— Qui est-ce ? gueula-t-il.

— Discute pas avec ces charognards ! s'écria Miranda.

— Toi, la ferme, connasse !

Picos se sentit soudain soulagé d'avoir enfin dit à cette merdeuse ce qu'il pensait d'elle.

— Torrès, répondit Rourke.

— Je veux le voir.

— On s'en occupe de suite. Mais touchez pas à notre gars.

— Okay. Cinq minutes. Vous avez cinq minutes pour nous montrer Torrès.

Rourke contacta Asher. Il lui expliqua la situation. Le capitaine approuva l'échange. Sullivan était un bon soldat. Ils avaient les camions, la ville était à feu et à sang, il n'existait plus aucune raison de traîner ici, et de sacrifier un homme de la compagnie. Mallory avait perdu beaucoup de gars sur les toits. Ce massacre devait s'arrêter.

— On va descendre avec la camionnette, annonça-t-il à Rourke. Préviens le gars. Garantis-lui qu'il n'y aura pas d'embrouille de notre côté.

Rourke passa le message à Picos tandis que la camionnette démarrait, doublait le camion de Vargas et dévalait lentement la rue menant à l'arche effondrée.

L'homme de main ressentait comme une joie puérile à l'idée de récupérer, sain et sauf, son patron. Le brave toutou était bien dressé, et la caresse prochaine de son maître commençait à lui faire tirer la langue. Il rassura Rourke. Rourke en fit de même. La partie était jouée, terminée. Plus aucune raison de s'entre-tuer. Picos approuvait. Mais Miranda se sentait flouée. La plupart des hommes de son gang étaient morts, ou blessés, et jamais elle ne toucherait son lance-missiles portatif. La fille enrageait. Et l'idée de buter Picos immédiatement lui trotta un instant dans la tête.

Mais, déjà, on entendait le ronflement du moteur de la camionnette. Picos souriait aux anges. Sa gueule de primate arriéré s'éclairait de bonheur. Il ramassa Sullivan, le releva. L'Amerloque suait à grosses gouttes. De taille moyenne, brun, un verre de ses lunettes cerclées s'était étoilé. Il avait un peu l'air du potache modèle, un peu fayot, mais en moins boutonneux.

L'avant de la camionnette déboucha. Le véhicule s'immobilisa. Asher vit dans la ruelle, à droite, Picos braquant son soufflant sur la nuque de Sullivan et la fille en uniforme de barbudo, le visage écarlate, furieuse, l'air renfrogné. A l'arrière, Phil se collait contre Torrès à qui il avait enlevé son bâillon.

— J'y suis, fit Asher.

— Okay. (John lui parlait dans le talkie.) Je vais prévenir l'autre d'avancer. Mitchell l'a au bout de son fusil.

— Dis-lui qu'on va sortir Torrès, le lui montrer. Après ils pourront filer avec la camionnette.

Rourke transmit le message. Picos hocha la tête, puis il acquiesça verbalement.

La portière arrière de la camionnette s'ouvrit. C'était une Bedford aux ailerons complètement cabossés. Phil poussa Torrès dehors. Et le rejoignit aussitôt avec son pistolet-mitrailleur en bandoulière, et un Smith et Wesson dans la main.

Rourke s'engagea à son tour dans la ruelle.

Picos se retourna. Sullivan lui servait de bouclier.

— Pas de panique, fit Rourke. Le sang a assez coulé.

— Déconne pas ! hurla Torrès à l'adresse de son gorille. Fais ce qu'ils te disent. C'est fichu. Alors, on baisse le rideau.

Ce furent les dernières paroles prononcées par Torrès. Phil lui lâcha une rafale de P.M. dans le dos avant de désouder Miranda. La fille tournoya sur elle-même avant de rebondir contre le capot de la jeep. Phil lui avait creusé une véritable tranchée dans l'abdomen... Au premier claquement du P.M., la tête de Sullivan explosa. Des fragments d'os se mirent à pleuvoir, tel un poudroiement sanguinolent. Les lunettes du jeune commando valsèrent au sol. Picos avait tiré instantanément. De sa cache, Mitchell le toucha dans le cou. Puis une autre balle le repoussa vers Rourke, qui, d'un tir réflexe, le gratifia d'une giclée de pruneaux. Picos roula par terre. Sa gorge était une fontaine de sang. Mais le type n'était pas mort. Pas encore. Il grommelait en espagnol. Phil accourut et lui vida son chargeur dans la citrouille. Les douilles s'éjectèrent en un jet continu, trépidant, pendant quelques secondes. Avant que Rourke n'assomme Phil. Il lui balança un coup de crosse sur le crâne. Phil s'écroula.

Asher se précipitait. Il examina Sullivan. Le petit était clamsé. Et le spectacle qu'offrait sa cafetière explosée (la moitié de son crâne avait dégagé) fit larmoyer le capitaine Woody Asher, chef des commandos spéciaux de la Marine. Rourke lui tapa sur l'épaule, avant de ramasser Phil par la veste. Il le désarma, et le jeta à l'arrière de la camionnette.

Une demi-heure plus tard, le sergent Mallory fit déblayer le terrain. Flegmatique et ordonné, un peu maniaque, il avait nettoyé l'arche de ses décombres qui obstruaient le passage. Il rameuta les hommes, installa les chauffeurs aux commandes des camions, puis, lorsque tout fut prêt, il se rendit auprès de son patron, et l'informa que la compagnie pouvait se mettre en route dès qu'il le désirerait.

Pachuca était en flammes. Et Asher souhaitait maintenant oublier au plus vite, cette ville, où tant de ses hommes avaient péri. Il rejoignit Rourke dans sa camionnette, prit la tête du convoi, et récupéra le jeune Mexicain, dans l'ambulance, et les deux camions chargés de missiles air-sol.

Tampico serait leur ultime étape. Avant le retour au pays.

CHAPITRE XX

Trois compagnies de Marines quadrillaient la zone portuaire de Tampico. Dans la rade, se déployait l'escadre de la Navy, emmenée par le destroyer *Louisiana*. Le vice-amiral Barrington y avait installé ses quartiers. Du pont, il dirigeait l'opération Magenta. Chambers avait décidé de mettre le paquet. Hormis une dizaine de vaisseaux munis d'une artillerie considérable, veillant sur les bâtiments de transport, l'escadrille de bombardiers de chasse du commandant Patrick Drake del Castillo occupait l'espace aérien. Au cas où les Mig soviétiques, stationnés à Cuba, eussent tenté un coup de force, ou d'intimidation. Chambers tenait à ce que les matériels subtilisés à Pachuca soient ramenés à bon port.

Un petit appareil de reconnaissance avait repéré le convoi se dirigeant sur Tampico. Le pilote se tenait en contact constant avec John Morrisson, le chef des services de sécurité du nouveau gouvernement des Etats-Unis libres d'Amérique. Morrisson avait, en effet, fait aussi le voyage. Chambers se méfiait de son vice-amiral dont la balourdise et la prétention, risquaient de faire capoter l'opération Magenta. Et comme Chambers ne pouvait destituer le vice-amiral, il avait envoyé son « Judas » sur place. C'était le seul homme de son entourage rapproché en qui il avait entièrement confiance. Ou presque.

Là, Morrisson attendait sur le quai. Il était tout de blanc vêtu. Il observait, la tête renversée, le front frappé par le soleil, le manège aérien des appareils du commandant Drake. Et suivait, minute par minute, le rapport de l'avion de reconnaissance, grâce à de minuscules écouteurs glissés dans le creux de ses oreilles.

Une vingtaine de minutes tout au plus, et le convoi dévalerait la route conduisant à Tampico. La ville avait durement morflé. Le cyclone l'avait laissée exsangue, comme on dit d'une personne après une violente hémorragie. Tampico ressemblait à un champ de ruines. Le vent, le raz de marée l'avaient salement mouchée. Et les Marines avaient dû faire un peu de ménage en arrivant. Les cadavres jonchaient les rues. On en trouvait encore un peu partout, tantôt démantibulés, tantôt gonflés, noircis, après avoir été noyés dans les vagues déferlantes qui avaient assiégé la ville. En se retirant, elles n'avaient laissé derrière elles que des immondices.

Le cataclysme nucléaire n'avait pas suffi. Il fallait encore que le déchaînement de la nature s'ajoute à la connerie humaine !

Morrisson marchait en long en large sur le quai. Et on lui signalait le convoi. Les camions emmenés par Asher et Rourke ne tarderaient pas à pénétrer dans la ville. Morrisson emprunta à un sergent des Marines ses jumelles et les braqua en direction de la colline surplombant Tampico. Son cœur se mit à battre plus fort. Son pouls s'emballait. Morrisson espérait que Rourke rentrerait indemne de cette mission où on l'avait contraint au volontariat. C'est lui qui l'avait poussé dans le coup, et l'idée qu'il ne fût peut-être pas du lot des survivants lui nouait l'estomac. Soudain, Morrisson se raidit. Il voyait apparaître le convoi. Une camionnette roulait en tête. Puis machinalement, il se mit à compter les véhicules. Lorsqu'il en fut au chiffre « 23 », la camionnette de tête s'engageait déjà dans Tampico. Morrisson rendit ses jumelles au sergent. Il se mit à courir vers les guérites donnant accès au port, que les Marines avaient remises sur pied, avant d'y poster des gardes dotés de radiotéléphone.

Il parvint aux guérites, exténué. Il tirait drôlement la langue. Et une nappe de sueur froide lui poissait le bas du dos.

Alors surgit, à travers un mur de brume, la camionnette Bedford. Elle dépassa les guérites et se gara sur le côté de la route afin de laisser passer les camions que, déjà, l'on dirigeait vers les bâtiments de transport.

Le premier à descendre fut Rourke. Il alla au-devant de Morrisson. Pendant ce temps, Asher avait contourné le véhicule et, là, en extirpait Phil, mains liées dans le dos.

— Que s'est-il passé John ? demanda Morrisson en reconnaissant Phil, qu'on poussait sans ménagement.

— Asher le dira dans son rapport, vieux. Je suis lessivé.

Puis les deux hommes marchèrent côte à côte jusqu'au quai où ils embarquèrent à bord d'un canot à moteur qui les conduisit au destroyer *Louisiana.*

Lorsque Rourke eut pris une douche dans la cabine qu'on lui avait allouée, Morrisson lui apporta une pizza chaude et deux canettes de bière fraîche.

— Où as-tu dégotté ça ? fit Rourke en montrant la pizza du menton tandis qu'il enfilait des vêtements propres.

Cela faisait une éternité qu'il n'avait pas mangé de pizza. La dernière fois, songea-t-il, c'était avec Sarah et les gosses. Il n'aurait pu en jurer.

— Bouffe-la. Et prends ton temps. Déguste-la. On a tenu à te gâter. Et tu connais Chambers. Ses largesses ne se répètent jamais deux fois. Et je crois bien que cette pizza est une vraie pièce d'archéologie.

Rourke décapsula une canette. Il regarda Morrisson du coin de l'œil, puis les deux hommes éclatèrent de rire.

Achevé d'imprimer en avril 1987
sur les presses de l'Imprimerie Bussière
à Saint-Amand (Cher)

— N° d'édit. 11586. — N° d'imp. 787. —
Dépôt légal : mai 1987.

Imprimé en France